竿竹

上

[日] 宫城谷昌光 著　靳园元 译

中信出版集团 | 北京

图书在版编目（CIP）数据

管仲/（日）宫城谷昌光著；靳园元译．--北京：中信出版社，2023.1
ISBN 978-7-5217-4734-8

Ⅰ.①管… Ⅱ.①宫…②靳… Ⅲ.①长篇历史小说—日本—现代 Ⅳ.①I313.45

中国版本图书馆CIP数据核字（2022）第167025号

KANCHU by MIYAGITANI Masamitsu
Copyright © 2003 MIYAGITANI Masamitsu
All rights reserved.
Original Japanese edition published by Bungeishunju Ltd., Japan in 2003.
Chinese (in simplified character only) translation rights in PRC reserved by CITIC Press Corporation, under the license granted by MIYAGITANI Masamitsu, Japan arranged with Bungeishunju Ltd., Japan through Bardon-Chinese Media Agency, Taiwan.

管仲

著　　者：[日]宫城谷昌光
译　　者：靳园元
出版发行：中信出版集团股份有限公司
　　　　　（北京市朝阳区惠新东街甲4号富盛大厦2座 邮编100029）
承　印　者：天津丰富彩艺印刷有限公司

开　　本：787mm×1092mm 1/32　印　张：17.5　字　数：320千字
版　　次：2023年1月第1版　　　　印　次：2023年1月第1次印刷
京权图字：01-2022-5532
书　　号：ISBN 978-7-5217-4734-8
定　　价：79.80元（全2册）

版权所有·侵权必究
如有印刷、装订问题，本公司负责调换。
服务热线：400-600-8099
投稿邮箱：author@citicpub.com

目录

逆光之人 （1）
冬夜之星 （21）
暗夜之息 （43）
陈国丽人 （61）
心怀误解 （83）
繻葛之战 （103）
生命闪烁 （123）
商贾之道 （143）
悲喜之邑 （163）
由郑至齐 （183）
有风东来 （205）
嘉祥之年 （225）
两大势力 （245）

逆光之人

"客人远道而来，一路辛苦了。"

迎接鲍叔一行人的是一声洪亮的问候。说话的人待鲍叔从马车上下来，立刻上前轻声招呼车夫，将他领至马厩，停好马车。很快，车夫回到鲍叔身边，说："这人很机灵，他把马从车上解下来喂了食水，还麻利地把马车上的泥灰扫了。召公能有这样的家仆，想必本人也一定是当世俊杰呢。"

"这样啊……"鲍叔听了，抬头看了看洛阳的天空，展了展胸，深吸一口气，慢慢地呼了出来。鲍叔请求面见召公家的管家，呈上了父亲的亲笔书信。管家看上去四十多岁，眉毛很浓。看了书信，管家抬起头说：

"阁下为求学从齐国远道而来，一路辛苦了……"

他说着，看向鲍叔一行人带来的礼物，打量了一下礼品的分量，而后说道：

"求学一事，想必家主定会应允，但有一事需要事先向阁下讲明。家主高居王佐之位，无暇顾及自家事务，自然也没有时间亲自指导学生。不过，家主门下有识之士众多，皆可为师。如果阁下入家主门下，需要先跟在家中高徒的身边学习。如此这般，不知阁下能否明白。"

管家意味深长地讲了一番。站在壮年管家面前的这位前来求学的少年年方十六，虽然只有十六岁，却有着与齐国大夫家三公子相符的凛然气魄，一看便知绝非等闲之辈，所以管家言语之间也未敢轻慢。

"这个人不坏。"鲍叔心想。

先前，鲍叔暗自在心中盘算过来召公家求学的事，觉得此行是吉非凶，但他也不是全然笃定。来召公这里求学并不是鲍叔自己的选择，而是他的父亲鲍敬叔的决定。父亲对他说："召公乃尚古之人，听闻各国好学之士，他都愿意纳入门下。你是家中三子，无法继承家业，不如到召公那里勤勉求学，日后学成归来，能居高位辅佐我齐国国君自然最好，退而求其次也可在我齐国或他国的大臣处做一个管家。所以，为长远计，你的学费用度，为父绝不会吝惜。"

"鲍"是鲍叔一家的氏，他们一族的姓是"姒"。姒姓始于夏王朝帝禹，大禹的子孙皆姓姒，后来以各自所在封地名为氏。鲍敬叔在齐国得到了封邑，属于中等贵族，但在血统上与齐国公室①并没有关系。齐国自军事天才太公望建国之时起，便是一个多民族的诸侯国。太公望辅佐了文王、武王、成王三代周王，虽然太公自己姓羌（姜），但并没有格外优待重用姜姓一族，反而提拔了很多异姓才俊担当要职。换言之，

---

① 指春秋战国时期诸侯的家族。

比起血统，太公望更看重才能。在这一点上，齐国与其他诸侯国完全不同。周王室在思想上崇尚血统的纯正，这种血统思想在当时是一种新思想。比如，从表示"约定"的词来看，周以前多用"誓"字，指言语上的约定，而周以后在立约时需要歃血为盟，所以多用"盟"字。"盟"字下面的部分其实原来不是"皿"，而是"血"。当然，只要齐国君主还臣服于周王，就一定会对周王室的思想礼法有所忌惮，只不过齐国公室的始祖太公望所秉持的民族平等思想，在齐国并没有完全消失。所以，无论是异姓人还是异国人，若要说哪里能让他们安居的话，天下虽大，却唯有齐国。

鲍敬叔的祖辈父辈是从什么时候开始效忠齐国君主的，已经不得而知。不过，能够得到封邑的人，通常不是历经数朝的重臣就是建功立业的功臣。另外，一些从其他诸侯国逃亡至齐的贵族有时也能得到封邑。春秋初期，大大小小的诸侯国数不胜数，其中姒姓之国，仅为人所熟知的就有"杞、鄫、斟灌、观、扈"五国。

其中，杞国距齐国不远，容易与离齐国更近的纪国搞混，但其实纪国是羌姓之国。顺带一提，后来有一个成语叫"杞人忧天"，这使杞国在另外一个意义上为人所熟知。如果鲍敬叔的祖辈父辈出身于这五国之中的某一国公室，因为某些原因逃到了齐国，那么他家能在齐国获得一邑之封也不足为奇。

鲍敬叔看着自己的儿子，心中觉得没有比叔牙更好的孩子了。"叔牙"是鲍叔的名讳。鲍敬叔自己是家中第三子，但是他继承了家业，所以他其实大可以也让并非长子的叔牙继承家业。但是，他担心家中会因此生出无谓的波澜，只好作罢。

叔牙身有大翼——有能力在外面大展宏图的人，不应该被圈养在家庭的樊笼中。鲍敬叔相信，叔牙一定能在外面自立门户。

鲍叔的学识在齐国也确实是出类拔萃。

"你应该去周王都，多增长些见识。"

鲍敬叔说这话时带着不容拒绝的强势。就这样，他将自己最得意的孩子送了出去。

"以后我还应该学些什么呢？"

鲍叔对知识的力量抱有怀疑。人应当具有优良的学识，对此他并无疑义，只是他不认为真正的学识是钻研古籍典故就能得到的。

想想周王朝的衰亡就知道了。鲍叔知道，大约六十年前，周王朝曾一度覆灭。当时，周幽王手下的官员们不仅没能阻止周幽王的颓败，反而加速了周王朝的崩溃。君王身边的辅臣皆出自名门，都是饱学之士，但是他们缺乏能够支撑起自己学识的勇气。直白一点来说，日常辅君佐政的智慧，算不上智慧。从这点来看，召公的先祖非常了不起。周幽王的父亲是周宣王，周宣王的父亲是周厉王，当时辅佐周厉王的那一任召公忧心厉王的暴政，时常直言进谏。当厉王遭到子民围攻，将要丧命之时，是召公将厉王的太子（后来的宣王）藏了起来，又把自己的亲生儿子当作太子交给了叛军，太子才得以逃脱。真正的贤明之士，该当如此。

鲍叔对于师从召公后人一事并无不满，只不过他没有心情专心修学。比起这些，他更想学习射箭和剑术，强健体魄和锻炼胆识。他希望自己精神刚正，同时，作为精神载体的身体也能一样坚固。越是以博学自夸的人，在危急存亡的时刻越是容易张皇失措，因为他们没有强大的身心来运用自己的知识。所以，对那些不曾在战场上直面过生死的王公大臣，鲍叔内心充满了轻蔑。

"既然召公不能亲自指导，那我另有安排。"鲍叔心想。

他辞别了管家，略带不悦地对等在外面的车夫说：

"我们找处宅子。"

这个车夫是父亲派到他身边的家仆，名叫"贝佚"。贝佚身上还有一些隐秘的传闻。据说，贝佚是鲍叔的父亲鲍敬叔年轻时与家中侍女所生。鲍叔对此也略有耳闻，若传闻属实，那贝佚就是他的庶兄，但不知何故，贝佚并不姓鲍，而是姓贝。贝佚的年纪在鲍叔的长兄之上，已经三十多岁了，他鼻梁的形状确实跟鲍叔的父亲有几分相似。

鲍叔主仆二人边聊天边向马厩走去。这时，最初接待他们的那个男人又走上前，对他们说：

"在下知道一处空房，公子可要一看？"

鲍叔这才打量了一下这个男子。此人二十岁上下，中等身材，肤色略暗，相貌平平，没什么特点。

"一个好心人，仅此而已。"鲍叔想。他对这个人没有生出更多的兴趣。

那人走在前面给他们的马车领路，用手指着前方大路上不远处的一所宅子，说道：

"在下去跟这家主人打一声招呼，让他领您进宅子里面看看。"

说完，便先行一步朝那宅子走了过去。

"这看着不像是平民百姓的宅子呢。"

贝佚沿着宅子外面低矮的墙垣走起来，似乎是打算绕行一周。此时，留在马车里的鲍叔心想："这家人恐怕并非士族，是官吏吧。"

没过多久，贝佚回到马车旁，对鲍叔说：

"这宅子不错，没有什么破损。联排的下人房大小也正合适，住得下几个家仆和婢女。"

"这样啊，不过招募身家清白、为人可靠的家仆和婢女可不是一件轻松的差事，就交给刚才那个人吧，想必他二三日之内就能给我们找来。"

"哈哈,公子已经开始信任那个人了吗?"贝佚笑出了声。

"那人不坏,况且他不是召公家的人吗?"

"恐怕并不是召公的家臣。"

"嗯,言之有理,应该不是家臣。"

那个人周身散发着一种非同寻常的气场。他身着便装出入召公家,卫士和家仆却并不喝止他,可见此人受到特许,可以自由进出。

正说着,他们谈论的人已经与宅子的主人一起来到了马车前。这家的主人是一位须发皆白的老者,头上没有戴冠,只围着纶巾,明显是庶人的打扮。老者朝马车里的鲍叔郑重地低头行礼,而后目光移向贝佚,眼神锐利地盯着他头上的冠,问道:

"阁下可是自东方而来?"

贝佚只是微微一笑,没有答话。在当时,年满二十岁才行加冠礼,鲍叔这时还差四岁,头上自然没有戴冠。但是,好奇心重的他忍不住探出身来,高声问道:

"何以见得是自东方而来?"

宅子的主人再次低头行礼,说道:

"小老儿经营一些冠巾的生意,故而认得。"

其实,这位老者就是现在说的卖帽子的商贩。

"还未自报家门,失礼了。小老儿人称果氏,公子也这样称呼就好。敢问公子是——"

"齐侯之臣，鲍氏之子，鄙名叔。"

"原来如此，是齐国来的贵客啊。敢问鲍大人是大夫还是上士①？"

"大夫。齐国都城临淄西去三百里，有一地名鲍，那里是家父的食邑。"

鲍叔没打算隐瞒，一一直言相告。果氏抬起头，神色柔和了一些，又向贝佚问道：

"那么这位是——"

贝佚的眼神里流露出些许"这人真啰唆"的不耐烦，答道：

"我是鲍大人的臣下，这次是陪我家公子出来求学的。"

"原来如此……敢问大人是中士还是下士？"

果氏继续刨根问底。

"中士。这些与我们租宅子可有什么相干吗？"

"哈哈，算是有吧。中士的话，家中应该会有十八名家臣吧。不知大人是否婚配？"

"未娶正妻。我说果氏，到底什么时候才能让我们进去看宅子？"

---

① 春秋时的官职一般由世官担任。世官主要指世袭爵位，包括卿、大夫、士三等，每等又分上、中、下三级。

"马上，马上——"

果氏突然一脸喜色地推开宅院大门，引着鲍叔和贝佚，一边逛宅子一边给他们介绍。带果氏过来的那个男子没有一起进来，他留在门外，静静地望着天空。鲍叔再次回到马车近前时，瞧着那男子的侧颜。

"咦！"鲍叔心中有点意外。刚刚明明觉得这个人相貌平平，可这时再看，他的侧颜和身形都散发着一种男人的魅力。"这个家伙究竟是何方神圣？"

鲍叔的神色突然锐利起来。也许是觉察到了鲍叔的目光，男子收回望向天空的目光，对鲍叔莞尔一笑，像是在掩饰什么。鲍叔却像是要捅破这层掩饰一般，凝视着他问道：

"还没请教尊姓大名，不知可否相告。"

"称呼在下管仲便好。"

那男子直截了当地回答，然后突然敛去了笑意。

"我家先祖是周穆王一支，与管叔鲜无关，特此相告。"

说罢，他像是不想再被追问似的，移开了视线。周穆王是最终确立西周王朝的周成王的曾孙，自报家门说是周穆王后人本来没什么奇怪的，但是管仲特意点出了管叔鲜的名字，其中必有缘故。管叔鲜是周成王的父亲周武王的弟弟，也就是周成王的叔父。武王灭商之后，管叔鲜被分封在一处名为管（位于黄河南岸）的地方。到此为止都没有什么特别的，但问题出现在武王去世之后。当时成王尚且年幼，所以由周公旦摄政，周公旦也是武王的弟弟，比管叔鲜要小。对管叔鲜来说，在自己弟弟手下当差自然是很不愉快的事，但更让他不快的是周公旦俨然无视成王，强横专断。因此，管叔鲜与他们另一个弟弟蔡叔度商议举兵反叛，最终却遭了周公旦诛杀。但是，管叔鲜此举并不被大家认为是匡扶正义。后来，蔡叔度之子被赦免，而管叔鲜的子孙后代却始终不容于周朝王室，所以管叔鲜谋反的污名一直没能洗刷。恐怕管仲每次自报家门时，都会被人当面揶揄"是那个管叔鲜的后人吧"。这令他心中不悦，所以才会在与人初次见面时突然提到：

我家先祖不是管叔鲜。

"管"这个姓氏又写作"筦"或"菅"。管仲的父亲家住颍上（颍水河畔的县邑），人称"管庄仲"或"管严仲"。颍水源头的附近有五岳之一的中岳嵩山，嵩山南麓有一处被称为阳城的地方，是夏王朝开国始祖大禹的都城，那里曾经是华夏文明的中心。所以，颍水沿岸一带的文明程度很高，贤人辈出，管仲便是其中之一。确切地说，他是其中的佼佼者。当然，此时的管仲还是一个无名之辈。管仲的名讳是"夷吾"。

"管仲兄，承蒙厚情，我还有一个不情之请。不知管兄可否代我选招几名家仆和婢女？"

鲍叔略一颔首，向管仲拜托道。管仲听了，神色一下子

变得柔和起来,说道:

"果氏可不是一个好说话的人。之前我曾带十多个人来看这宅子,他一次都不曾点头。能让他敞开大门的,至今仅有三人。果氏出租宅子是有条件的,不知公子可否听说?"

"条件……我还不曾听说。"

"哈哈,公子很快就会知道的。"

正当管仲一脸意味深长之时,果氏与贝佚一起从宅子里走了出来。果氏向鲍叔点头道别后,便离开了。宅子的大门还敞着。

"这是怎么回事?"

鲍叔紧锁着眉头向贝佚问道。贝佚苦笑了一下,解释道:

"这宅子真正的主人其实是果氏的孙女。果氏有一个当官的儿子,儿子去世后,儿媳便回了娘家,二人所生的孩子由果氏接过来抚养。简言之,如果果氏的孙女不答应,这宅子我们就住不得。"

听了这话,血气方刚的鲍叔有些生气。既然如此,从一开始就让他的孙女一起过来不就好了?

管仲的眼中带着笑意,说道:

"公子这般神情,可是会被拒绝的。"

"真扫兴。没有其他宅子了吗?"

"刚才公子也看到了,这确实是一个不错的宅院。就算是另寻他处，也大可以等果氏的孙女拒绝之后再找不迟。"

话虽如此，可这时的鲍叔是没有这份气量的，一定要把自己的不悦立马表现出来不可。

没等鲍叔冲口说出"我才不要等回音，我们走"，贝佚低声对他说：

"果氏还说，只要他孙女点头，并且我们答应让他孙女在宅中侍奉，别说是工钱，就连宅子的租金都不用收。"

这实在是一个让人意外的消息。不仅免费让他们住宅子，果氏的孙女还无偿来这里侍奉。

这究竟是怎么回事？鲍叔满脸疑惑地看向了管仲。

"嗯，我不曾问过果氏原因，也许他希望自己的孙女能嫁一位贵族为妻吧。所谓侍奉，其实是想让孙女跟在您身边学习礼仪。"

"官吏之女理应嫁给官吏。"

鲍叔语带奚落。

"果氏并不是一个贪心的人，只不过对自己的亲孙女，难免会抱有厚望吧。"

"一味奢求，只会让子女不幸。"

在果氏带着孙女回来之前，鲍叔一直处于十分不悦的状态。但是，当果氏的孙女小跑着赶过来时，鲍叔不由得一惊。那是一个让人眼前一亮的美人。

这姑娘的年纪大约与鲍叔相仿，她径直朝着鲍叔走过来，优雅地低下头行了一礼。

"民女白纱参见公子。"

当然，白纱不是她的大名，是她的乳名。

漂亮的姑娘似乎总是能让男人感到紧张。鲍叔表情僵硬，声音紧绷，说：

"听闻这所宅院归姑娘所有。我们一行人今天刚到王都，明天起，我将要在召公家就学。如果可以借此宅暂住，我们就不必再寻找旅舍。不知姑娘意下如何？"

鲍叔虽有胆识，但是面对白纱，似乎也有些力不从心。

白纱抬起头，美眸顾盼生辉，她先是直直地看向鲍叔，而后看向贝佚，再瞥了一眼管仲，最后将视线转回。

"公子即刻起便可住在这里。只是，我祖父说的条件，不知道公子能否应允？"

"关于教你礼仪的事——"

"并非如此，还请公子将小女当作家中滕婢一般。如果不能跟在家风严谨之人身边学习，学了也是枉然。"

"白纱姑娘——"

"请叫我白纱。"

"好吧，白纱……我尚未自立门户，身边不曾有过滕婢，也没有臣下。即便如此，你也愿意吗？"

"家中事务，想必这位贝大人心中有数。"

"原来如此，姑娘眼光不错。"

贝佚为人谨慎,举止恭敬。从齐国一路行至洛阳,鲍叔一直与贝佚同吃同住,贝佚性格中的坚毅和豪爽令他十分满意。他甚至开始想:"回齐国之后,一定要让贝佚做自己的辅臣。"

仔细想来,贝佚已经位居中士,无职无位的白丁鲍叔并没有资格让贝佚做自己的臣下。如果无论如何都想把贝佚留在自己身边管理家中事务,鲍叔至少需要成为上士。想到这里,鲍叔便觉得有些头疼:"这恐怕很难啊。"

一朝一夕之间是不可能成为上士的,但是如果没有让贝佚这样的贤士为己所用的心志,自己也算不上心怀高远之人。

白纱一介弱质女流,却是一眼就瞧出了贝佚的不凡。

"这个姑娘,不可小觑。"鲍叔想。

想来,白纱父亲生前的官职也并非下位小吏,他手下还掌管着其他官吏。鲍叔这样想着,进入宅院。

白纱对果氏耳语了几句之后,果氏便离开了。不久,果氏带回来两名家仆和一名婢女。白纱手脚利落地指挥着他们搬来了餐具和寝具,而后说道:

"小女的表兄学过一些厨艺,可以到后厨做个厨子,但是菜品和用具上马虎不得,还请主人示下。"

白纱征得了鲍叔的许可,又征求了贝佚的意见。她举止端庄,越看越美丽动人。

女人只要懂得顺从就够了——鲍叔以前是这样认为的,

但是现在他不得不重新审视自己的想法。他提醒自己,你是不是有心让她做你的妻子?迎娶官吏之女为妻,父亲断然不会答应。父亲曾对他说:

"你将来的妻子自然应当是大夫之女,但你也应具备迎娶国君之女的气度。"

日后若能成为辅佐一国的大臣,便有可能迎娶国君之女。如果不顾父亲的反对强行迎娶白纱为妻,就不能留在鲍氏一门,须得改换姓氏,另投他国,区区一场婚姻,却会带来诸多不便。所以,鲍叔不可以对白纱动心。

待鲍叔回过神来,他发现管仲正和一个家仆从庭中走过,直觉告诉他:

"这个人不曾为白纱的美动过心。"

管仲应该还带其他慕名到召公门下求学的地方贵族甚至公族子弟来看过这个宅子,那他自然也应该见过白纱几次,但是他并没有惊艳于白纱的美貌。为什么呢?这个名叫管仲的男子身上有着太多让人看不透的地方。

傍晚,白纱的表兄来到鲍叔跟前伺候。他看起来比鲍叔年长四五岁,与管仲年纪相仿。

"小人京羔。小人真的可以掌管后厨事务吗?"

"我不可能从父亲那里借调厨子过来,本来就想着在洛阳找一个,现在这样正合我意。"

"小人不知道主人在齐国惯常吃些什么,还望详细告之,小人一定努力做好。"

"嗯……有一事,不知当问不当问。你在这里服侍,也不要工钱的吗?这,我有些于心不忍。"

"舍妹白纱继承了不少遗产,主君无须挂怀。"

他言语之间并不让人觉得油滑。

"是一个诚实的人。"鲍叔暗自想。这样的厨子做出的饭菜肯定不会难吃。京羔的诚实也反映了中间人白纱的诚实,甚至反映了管仲的——思及此,鲍叔才意识到,家中已经不见了管仲的身影。他本来还想设宴犒劳管仲,于是找到贝佚,语带责备地说:

"你让管仲回去了?"

"那家伙可不是省油的灯。"

贝佚面带愠色。原来,管仲临走时索要了一笔不小的酬劳,他似乎从白纱那里也索要了酬劳。看来在召公家时殷勤地牵马、擦车、调整车轮,帮他们和果氏周旋,这些都并非出自热心,而是在做生意。

"原来他是这样的人——"

周王都中遍地精明人。鲍叔哑然,但不可思议的是,他竟然没有太生气。能找到这么好的宅子和这么好的下人,都是托管仲的福。晚饭过后,鲍叔将白纱叫到近前,说道:

"我想知道一些关于管仲的事,还想听听你对他的评价——"

白纱的眼中映出闪烁的灯火。只有贵富人家才会在夜间点灯，普通百姓到了夜晚时分就都睡下了。需要在夜里劳作的人，主要依靠炉火和月光。所以，普通百姓的家中都有天窗。

"管先生是颍上一户豪族家的次子，两年前被召公纳入门下。小女只知道这些。"

"但是，不论是果氏还是你，似乎都很信任他……"

"主人与管先生相识不过一日，不是也很信任他吗？"

"不错，管仲身上有一种不可思议的亲和力，让人愿意放下戒备。"

"管先生他……"

白纱欲言又止。

"说下去。不过，如果是恶言恶语，恐有失姑娘身份，还请忍下不要说了。"

负面评价但说无妨，只不过鲍叔并不想听到言语中伤之类的话。

"主人内心纯净，令人敬佩。"

白纱的双眸微微泛红。

"我通常不会因为女子的一两句夸赞而沾沾自喜，但你是个例外。你觉得管仲如何？"

"实不相瞒，小女曾想过嫁管先生为妻，但是后来打消了这个念头。管先生心中似乎已经有了心仪之人，而且管先生将来一定会在某一国飞黄腾达,小女不可能成为他的正妻,只能作妾,所以作罢。"

"这确实让人意外。你坚信管仲将来会位居大夫甚至公卿,是吗?"

白纱深深地点了点头。

"当女子赌上自己的人生去评价一个男子的时候,是能够预见到他的未来的。"

"这话越发让人意外了。那在你看来,我又如何?"

"小女不可能嫁主人为妻。所以,小女不知。"

"你倒是够直接。"

鲍叔大笑,笑声中没有半分暧昧。从下人的角度来看,这正是鲍叔的优点,可从一个女子的角度来看,便欠缺了些什么。一个男子只有豁出去性命去保护一个女子,才是身为男子的魅力所在。

翌日,鲍叔来到召公家的家塾时,已经有一个人在那里等他了。那人背光端坐,用低沉的声音对鲍叔说:

"从今日起,由我教授你学问。"

鲍叔先行了拜首礼,然后缓缓地抬起头,移步上前,落座之后抬眼打量了一下这位召公的高徒。出现在他眼前的不是别人,正是管仲。

冬夜之星

鲍叔端坐在光线里。

他突然被问了很多问题，提问的人自然是管仲。今天的管仲神色严峻，与昨天简直判若两人。

鲍叔不愿意说"不知道"，悉数回答了管仲的提问，管仲对他的回答一一做了点评。不单单是点评，还包括很多管仲自己钻研出来的见解。

这到底是一个什么样的人？

鲍叔一面觉得愤懑，一面又觉得佩服。所谓博闻强识，说的就是这样的人吧。若不是有如此非凡的头脑，他也不可能在短短两年的时间里就成为召公的得意门生。鲍叔事事不曾落于人后，可如今他的心头却涌上一股强烈的乏力感。回到家，他心中满是不甘，不甘的是自己竟然对管仲产生了一丝佩服。学问也好武术也罢，一旦对比自己厉害的人心生佩服，就很难再进步了。贝佚发觉鲍叔的脸色不好，眼带询问地看向他。

"你说得不错，那个人不是省油的灯！"

鲍叔高声喝了一句，便把自己关进房里，但是他也无心读书，于是来到光线明亮的院落中拉弓射箭，可没有一支箭中靶。

"啊啊啊——"

正当他气得要将弓扔到一旁时,突然有人接过了他手中的弓。来人不是贝佚,竟是不知从哪里冒出来的管仲!

"怒气会扰乱心态,箭也会不听使唤。借你的箭一用——"

管仲说罢,将箭轻轻地搭在弓上,静静拉开,然后松开了手指。他射出去的箭力道强劲,几乎没有什么弧度,就正中靶心。

"这弓很硬呢。"

管仲笑着把弓递还给鲍叔,便要离开。

"等一等。我想请先生一起用饭。昨晚就想设宴招待先生的,可是先生早早回去了,没能让我如愿。"

鲍叔目光炯炯地看着管仲。其实鲍叔还想问问,管仲究竟为何而来。

"不巧,舍弟从老家来找我,如今正在王都,所以还望能改日再聚。"

管仲直言回绝,而后迅速地从鲍叔的跟前离开了。

"他是来做什么的?"

管仲离开后,鲍叔向贝佚问道。贝佚用手挠着头,苦笑着说:

"之前拜托他找过一个圉人。早知如此,就应该请果氏帮忙，还能省下这笔花销……"

看来，管仲又索要了一笔钱。所谓"圉人"，准确地说是负责养马、放牧等事的官员，而这里所说的圉人，其实与家中仆夫差不多。

"白纱不是带了两个家仆过来吗？"

"那二人中，有一人把宅子收拾得差不多之后就回去了。"

"原来是这样啊。那管仲带了个什么样的圉人过来？"

鲍叔来到马厩一看，大吃一惊。那圉人不过是一个十二三岁的少年。与其说是生气，鲍叔更多的是有些无奈。这样一个少年是不可能懂得养马驯马的。鲍叔觉得自己终于看清了管仲这个人，他厉声责备贝佚：

"竖子小儿，岂懂养马？为什么还把他留在这里？"

贝佚微微摇了摇头，低声说：

"这少年名叫阿僄，与王室的圉人有些渊源。他的父亲不在了，母亲在都城内一户人家做事。这孩子从那家人家跑了出来，说是想在别家为仆。"

"是管仲这样说的吗？"

"嗯，是的。阿僄这孩子话不多，但是干起活来很麻利。说实话，比您父亲的圉人还要出色。"

"你是说这个孩子吗……"

鲍叔一脸不可置信地走到阿僄近前。阿僄双膝跪地，头抵在地上，身上透着一股奇妙的端方和飒爽。一瞬间，鲍叔觉察到了这个少年的不凡。

"好好干。如果你勤勉努力，马匹也会更有精神。"

鲍叔轻轻地拍了拍阿僄的肩，温和而简短地说了这么一句。阿僄微微抬起头，他见鲍叔并没有离开，更觉得不可思议，又把头抬起来一些。鲍叔突然俯下身，与阿僄四目相对。阿僄并不胆怯，反而真诚地说道：

"主人将来一定会大有作为。小人无家可回，还望他日主人回齐国时，千万要带上小人。"

鲍叔盯着阿僄的眼睛，微微一笑。

"好，一定如此。"

听到鲍叔直言允诺，阿僄眼睛里闪着感动的光芒。鲍叔见状，放心地站起身来，轻声对贝佚说道：

"管仲是个有心人啊。"

贝佚也深以为然地点了点头。

鲍叔自从开始在召公家的私塾念书，就发现自己受到了异乎寻常的瞩目。这种瞩目与他的学识无关，而是因为"他租下了果氏宅子"的消息在同门弟子之间传开了。这些弟子中有十多人都曾经想要租果家的宅子，都被果氏和白纱拒绝了。他们无一例外地嫉妒鲍叔，其中一个名叫"召忽"的年轻人，总是用明显带有敌意的目光瞪着鲍叔。

此人年纪比鲍叔略长、比管仲略幼，是召公的亲戚，住在召公家中，不需要在外面租房。但是他也对鲍叔租住了果氏宅子一事怒不可遏，甚至扬言"要找机会教训一下那个齐国人"。一日，召忽真的叫来了二三友人，等在鲍叔回家的必经之路上，恫吓道：

"你敢动白纱一个指头，我就杀了你，听清楚了吗？"

原因无他，无非是这个名叫召忽的年轻人钟情于白纱。可他这种扭曲的示爱方式让鲍叔觉得，召忽得不到白纱的爱也是理所当然。虽然鲍叔受到了威吓，但他毫无惧意，反而想捉弄召忽一下。于是，他扬起下巴故作得意地说：

"召公子还不曾听说吗？鄙人不才，已经是白纱的主人了。白纱是我的媵侍，作为她的主人，我夜夜与她同床共枕，有何不妥？今晚，白纱的雪肤玉肌也是要让我抱在怀中的。我劝召公子还是断了念想吧！"

"竖子小儿——"

召忽显然被激怒了，把剑握在了手中。

"哎呀，召公子是要杀了我吗？难道在这王都里，在路上杀人都不犯法的吗？在我齐国，于都城之内杀人者，是要株连九族的。"

鲍叔的强硬态度激得血气方刚的召忽发了狂，他放话道：

"那我就在都城外结果了你。"

说话间,召忽的同伙们堵住了鲍叔的退路。

"这个人,开不起玩笑。"鲍叔心想。

鲍叔很快就后悔了。站在鲍叔左右两边的都是手中握着剑的成年人,这些都是地方贵族子弟,他们即使真的把鲍叔杀了,只要回到自己的国家,就有免于被问罪的特权。

他们出了城门,继续向前。召忽踏进周围茂密的杂草丛中,语速很快地对身旁的一个同伴说:

"给这个齐国人一把剑。等下无须你们出手,我要亲自来。"

鲍叔手里被塞进了一把剑,但奇怪的是,他此时竟在心中感叹:"草的味道好浓郁啊。"

这绝不是在决斗前该有的感想。不过鲍叔相信,将要倒在这片浓郁的草香之中的,绝不会是自己。虽然他没学过剑术,但是他不会输给眼前这个已经化身为一团怒火的召忽。只不过,如果他用剑砍向召忽的话,旁边的这些人里一定会有人冲过来杀了自己。比起召忽,旁边这些人身上散发出来的杀气,更让鲍叔觉得害怕。

鲍叔持剑站定。这时,召忽突然放声大笑。

"喂,齐国来的竖子,你这架势是要逃跑吗?你这副样子,怕是连狗也砍不死。"

"吵死了——"

出声呵斥的人并不是鲍叔。只见一名男子用树枝拨开杂草，现出身来。他的衣衫不整，漂亮的发冠也略有些歪斜，年纪看起来三十多岁。召忽和他的伙伴们被这个闯入者一惊，拉开了架势。这壮年男子瞥了召忽一眼，厉声道：

"你这个黄毛小子是领头的吗？以多欺少，不觉得卑鄙吗？"

召忽脸上的表情有些扭曲。

"我们是一对一决斗，其他人不会出手。"

"是吗？未必吧。那边那个年轻人会杀了这个齐国的孩子，不是吗？"

说着，壮年男子用树枝指了指召忽的同伙。被指到的那个人没有答话，突然拔剑砍了过来，但是壮年男子的动作更快，他用树枝猛地打向握着剑柄砍过来的那只手，剑一下落在了草地上。壮年男子迅速将掉落的剑捡起，剑锋直指召忽。召忽的脸"唰"的一下变得铁青。壮年男子慢慢地把剑锋贴近召忽的鼻尖。

"你的朋友不懂礼数，一个个尽是无礼之辈。光天化日行凶逞恶，不惧天谴，是会死无葬身之地的。听清楚了吗？还不认错滚蛋！"

壮年男子高声呵斥，声音带着强大的压迫感。召忽和他的同伙像被风吹散一般逃开了，只剩下一个手中还握着剑的鲍叔。

"这个人是武人中的武人。"鲍叔想。

此刻，鲍叔浑身上下只剩下感动。他有生之年还是第一次感受到如此强大的魄力。倔强不屈的鲍叔也不禁心生佩服。那个壮年男子一低头，看向身子一软倒在杂草中的少年，说道：

"喂，齐国的少年，你实在是蠢。作战时，必须先确保退路，被围住的人必死无疑。你被围住了却不怕死，愚蠢至极。人要是死了，就一切都完了，不能复生了。"

壮年男子说教了一番后，把剑往地上一扔。

"这个，你还给那群人。话说回来，他们究竟是什么人？"

"我不想说，说了有辱师名。"

"嗯……你倒是还算懂些礼数。"

壮年男子微微一笑，便要离开。鲍叔慌忙爬向前，拼命喊道：

"请壮士收我为徒！我想学习剑术。"

"蠢货——"

壮年男子的身影很快便消失在杂草丛中，但鲍叔还是一直向前爬，这时，一道厉声传来：

"别过来！"

鲍叔被这声音吓得身子一缩，但还是决意继续向前爬。突然，利刀般的杂草突然刺向眼前，他猛地一闭眼，眼角似乎被割伤了。等他再睁开眼时，不由得屏住了呼吸，眼前是一个赤身裸体的女子,她光着的双腿荡在空中。女子正被刚才的壮年男子高高地抱起。

"哎呀,太子殿下——"

女子的声音里带着笑意。鲍叔看不到那女子的脸,只看见她大腿以下的部分。

"罢了,去别的地方吧。"

壮年男子的身影再次消失在草丛中。鲍叔缓缓站起身,周围没有任何人的踪影,只有一辆马车停在对面的乔木下。鲍叔心中甚是好奇,刚刚那个女子叫他——太子?是哪国的太子呢?

鲍叔无论如何都想弄清楚,于是他径直向前,走到马车近旁。马车的车夫正在假寐,发觉有脚步声靠近便睁开了眼,手搭凉棚,遮在额前。日头开始西斜了。

"什么呀,是个孩子啊。"车夫想。

不过,这孩子手中握着两柄剑,要说可疑倒也可疑。车夫没有放松戒备,厉声道:

"少年,别再上前。你不可以碰这马车。"

马车车身上涂着漆,光泽鲜亮,没有一丝剐痕,甚至没有灰尘。鲍叔为了让车夫放下戒心,努力地挤出笑容,故作轻松地问:

"这是太子殿下的马车吧?"

"你认得我们太子殿下——"

车夫打量着鲍叔，揣测他的身份。

"正是，适才遭到强盗袭击，多亏太子殿下出手相救。"

"你说什么——"

车夫闻言神色大变。

"无须担心，贼人不多，已经四散逃开了。太子殿下现在又去别的地方雅游了。"

"此话当真？"

"千真万确。鄙人鲍叔牙，齐国人，是来王都求学的。我想当面感谢太子殿下的救命之恩，但是太子殿下已经离开了，所以特来此处面见阁下。"

"哈哈，我们太子殿下就是这样。你这个人倒是很懂礼数，不错不错。"

鲍叔被这人这么一说，略一领首。

"还望能正式拜见太子殿下，当面道谢。不知太子殿下下榻于何处的旅舍？"

"我们殿下不住旅舍，你也没必要来宫里。况且殿下明天一早就要回国了。"

"回国……敢问是哪国？"

"哈，是哪国呢？如果你感恩于我们殿下的话，就自己去查一查吧。"

车夫笑道。

鲍叔回到家时，阿僄正举着火把不安地等在门口。

"主人回来得迟了，小人有些担心。"

"啊，今天管先生格外严格，教我的东西比平日多了三倍。"

鲍叔是笑着说的，阿僄听了却神色一变。他狐疑地盯着鲍叔，发现了鲍叔眼角的伤——主人说谎了。

阿僄知道早些时候管仲来过，听说鲍叔不在，与贝佚聊了几句便走了。再定睛一看，鲍叔手中握着的不是两柄剑吗？而且脚下的鞋也有些破损。察觉了异状，阿僄没有多问，而是等鲍叔回到自己的房间后，马上将之悄悄地报告给了贝佚。

"主人与什么人发生了争斗……"

贝佚眉宇紧锁。

"不错，定是如此。"

就在他们二人说话时，鲍叔把剑放好，马上又出了门，往果氏家去。他是去求助的。

"果氏，你能凭一个人的发冠分辨出他是哪国人，对吗？"

鲍叔说着，要来一张白纸，画了一个发冠。冠上饰有羽毛，他又口头描述了发冠的颜色。

"真是华丽的冠啊，只有地位尊贵的人才会用这样的东西。"

"我知道，这是一位太子的发冠，我想知道他是哪国的太子。"

"太子啊。公子知道他的年纪吗？"

"应该有三十岁了，也或许是二十八九岁，肯定不到三十五岁。"

听着鲍叔的描述，果氏一度猜测：莫非是周王之子子仪？

不过，子仪并不是太子，是太子的弟弟。子仪深受周王宠爱，还有大臣周公辅佐，他生活奢靡、放浪形骸，百姓们都有所耳闻。可是子仪的年纪应该是二十岁出头，若说三十岁上下且戴这样发冠的人，那有可能真的是周王的太子。

"是不是周王的太子呢？"

"不是，听说他明天就要回国了。他在王都有自己的宫殿，凭这些线索能猜到什么吗？"

果氏为难地歪了下头。

"若说诸侯的太子，而且在王都有自己宫殿的，那应该是与周王室关系密切的诸侯国。从这发冠来看，必然不是僻远小国，这是王都或者王都附近才能见到的工艺，但是王都附近诸侯国众多，辅佐天子的公卿大夫在王都也有自己的宫殿，而且他们的封地也都在王都附近。要想推断这是哪国的太子，恐怕有点难。"

"这样啊……"

鲍叔失落地回到家中，闷闷不乐地用了晚饭。饭后，白纱悄悄地来到鲍叔近旁，禀报说：

"听说管先生家中有人病了，所以他要回颍上的老家去。说是从明日起，换成召公其他的弟子来教主人学问。"

神色抑郁的鲍叔听了这话，表情突然一变。

"管先生他，要离开这里吗——"

"是，贝佚大人是这样说的。"

"那我也不去召公家了。在管先生回来之前，我有别的事要做。"

鲍叔在召公家学习已经半月有余，除了管仲，其他弟子无论是学识还是人品，都没有能让鲍叔佩服的。跟着他们学十年，也不及跟着管仲学一年。鲍叔感觉这半个月过得十分充实。换一个角度来看，清楚鲍叔的理解力之快、之准的，也只有管仲。同时，管仲意识到他的这个弟子对事物有着非凡的领悟力，心中也暗自叹服。

事实上，两位天才正在此相逢，而世人却尚不知晓。

"主人有别的事要做……"

"我要周游王都近畿之地，白纱你留在家中。"

鲍叔讲得很认真。这种时候鲍叔的身上总是带着威严。

"是……"

白纱只得从命。对于鲍叔偶尔流露出的贵族仪态，她内心是喜欢的。鲍叔年纪轻轻，决断中却带着威严和魄力。白纱以为，号令众人的人，该当如此。

不过，这并不是恋慕。让白纱芳心暗许的人是贝佚。贝佚身上的男子气概与鲍叔不同，有着一层不透明的幽暗。从这层幽暗中伸出的抚慰之手，与鲍叔那毫无阴翳的手，给人的感觉是不同的。

翌日，鲍叔将剑拿到召公家，见到一位召公的弟子，他禀告说：

"弟子临时需要去找一个人。"

说完，鲍叔把剑交给那人，还话里有话地留下一句"召忽公子清楚原委"，然后请了半年的假。

有召忽和他那群同党在的地方，我才不想回来——这个念头从鲍叔离开召公家之后就涌了上来。但是，他还想再见管仲。他心中还挂着一份——同样的不舍，先前在草丛中看见的那个女人的小腿，那洁白光亮的皮肤在他脑中挥之不去。

"白纱的小腿是什么样的呢？"

这个念头让他非常心烦，他为自己用这样的眼光来看一个女人而感到羞耻。他告诉自己，必须离开白纱。

两天后，两驾马车从王都出发了。

与鲍叔同行的有贝佚、京羔和阿僄。连厨子都带着一起上路，想必这旅途不会太辛苦。

"光读书不是真学问，需要多在旅途中增长见闻。如果想要一生追随我左右，见识就不可以太浅薄。"

鲍叔对京羔和阿僄严肃地说着。因此，京羔每到一处便搜罗当地特产，品尝当地菜肴，精进自己的厨艺，收获良多。阿僄也十分勤奋，他不仅留意各处的马匹，连其他的家畜也用心观看，学习饲养之法。贝佚将这二人恪慎勤勉的样子看在眼里，暗暗在心中想：

"单是能得此忠仆二人，公子这次出来求学便算是成功了。"

他们的两驾马车一路向西。西边有一国，叫作虢国，虢公是周王卿士，据说虢国的都城十分繁荣。卿士也叫作卿辅，但实际上，他们并不是一直辅佐在周王的近旁，而是主要在军事和外交方面给予周王强有力的支持，是能代周王行使军事特权的诸侯。所以可以说，虢公有着西方宗主的地位。当然，东边也有一位宗主，那便是郑国的国君郑公。也就是说，周王作为天子居于洛阳，西边的虢国和东边的郑国拱守两侧，这就是当时周王治下的天下格局。

鲍叔打算看过虢国之后，在王都近畿周游一遭，来年开春再回洛阳。

对于鲍叔休学一事，贝佚并没有提出异议。因为贝佚清楚，鲍叔并非贪图游乐之人，突然说要离开王都，其中必有缘故。

夜色微凉，一个男子仰望着头顶的星空。这个人是管仲。他得知兄长病情恶化之后，急匆匆地赶回颍上，但终究没来得及见兄长最后一面。

"只剩下母亲、弟弟和我了。"

他的父亲几年前已经过世了。

管仲年幼时，家中殷实，是颍上的名门之一，仆从众多。他从小生活富足，不曾尝过劳碌的滋味，无论做什么都有奴仆代劳。唯有学问是他父亲亲自启蒙，等到他六七岁时，父亲又教他射箭。

"夷吾啊，快些长大成才，快些学会持弓和御车吧。"

父亲总是这样讲。他能从父亲的语气中感受到，父亲的殷切期待没有分给兄长半分，都倾注在他一人身上，所以多少有些痛苦。对于兄长，管仲从未有过一丝一毫的僭越狂悖之心。兄长不学无术、不善弓箭，十五六岁起便时常离家在外，经常两三天不回家，每次回来，总是要挨父亲一顿鞭子。每当此时，母亲就会代兄长向父亲谢罪。管仲将这些看在眼里，痛在心中。父亲怒不可遏时甚至说过，我们家迟早要败在这个不孝子手里。父亲说的时候咬牙切齿，而当他看到管仲时，便会落寞地说：

"夷吾啊，你是我们家的季历。你那个兄长是一个连太伯都不如的蠢材。"

管仲知道，父亲所说的季历，是周朝古公亶父的幼子。亶父的长子太伯觉察到父亲想要让弟弟季历继承家业，于是出走南方，建立了吴国，而季历当上家主之后，不断让周朝变得富强。季历是周朝创建者周武王的祖父。

管仲为父亲所钟爱，同时为兄长所嫉恨。兄长几乎不曾与他好好说过话。管仲一直承受着兄长的敌视，于是开始渐渐与父亲变得疏离，他想躲到一个父爱所不能及的地方，来缓解兄长的憎恶。这种心理让他变得很孤独，他的母亲和弟弟也与兄长更亲近。

管仲十五岁时，突然被父亲叫到跟前。

"等你成年，便迎娶熹家的季燕为妻吧。这是熹家提出来的，为父也答应了。家中旁人暂时还不知道这件事，你自己心中有数便好。"

熹家是陈国都城近郊的名门。管氏与熹氏有通家之好，熹家的幼女季燕曾来管家玩过两三次，管仲也随父亲去熹家拜访过。季燕貌美，甚至有人说季燕是陈国第一美人。不过比起相貌，管仲更能在与季燕的交谈中得到慰藉。

这个姑娘年纪轻轻，却能理解别人的孤独——管仲为此十分感动。当他有机会与季燕独处时，就像是变了一个人，话多起来，而季燕把他说的话悉数记在心中。这让管仲更为感动。

我的妻子，非她不可——就在管仲全心全意地这样想着的时候，季燕对他说：

"我想嫁仲公子为妻。"

管仲被一种不可思议的感觉震撼了。季燕连他的心声都能听到。她话语中的坚定让管仲感到安心。

听父亲说起婚约的事,管仲以为一定是季燕的心意打动了她的父亲熹氏。季燕的花容月貌下,藏着一种坚毅的美。

从那日起,管仲开始在季燕身上构筑一个新的梦。在那个明媚的梦中,季燕越来越动人。

然而,管仲的兄长听说了婚约的事,发狂地咆哮:

"次子先于长子成家,岂有此理!"

可这对管仲来说不算什么,即便兄长威胁,说要毁了他们的婚事,管仲也丝毫不为所动。

"没有什么可以让我和仲公子分开。"

管仲心中的那个季燕清楚地这样说着。每天,管仲只要能与心中的季燕聊上几句,不论多辛苦他都能扛过去。

但是,管仲的生活中狂风乍起。翌年,他的父亲亡故了。

不久,管仲便体会到,失去最强有力的保护者和理解自己的人,意味着什么。

他的兄长成了一家之主。兄长从束缚中解脱出来,发狂般沉迷游乐,不停在家中举宴淫乐,无赖之徒和淫娃荡妇开始不停地出入他们家。兄长在家中肆意驱使着管仲,甚至特意在与人苟合时,命管仲拿酒过来。以前服侍管仲父亲的奴婢们对新主人的傲慢冷血感到不满,对管氏一家的前景感到失望，纷纷离开了管家；而卖身进来的仆人不得不终身在主人家为奴，终于有一天，他们集体出逃，最终也没被捉回来。

没有了劳动力，家产眼见着减少。管仲觉得这样下去家就要败了，于是第一次劝谏兄长，与之起了争执。兄长盛怒之下，要杀了管仲。夜里，管仲险些被勒死。之后，管仲搬到了以前仆从们住的矮屋。管仲就这样煎熬了一年，终于，他对母亲说要离开这个家。

据父亲在遗言中所说，召公家的管家与父亲是旧识，等管仲十八岁了，便可前往召公家求学。父亲还说已经为他备好了学资。

但是，母亲悲伤地摇了摇头。

管仲心中生出一股小小的怒气。父亲为他准备的学资被母亲拿给哥哥用了。母亲竟偏爱哥哥到这样的地步吗？管仲深受打击，冷冷地对母亲说：

"去王都的途中，我自己筹措盘缠。"

只说了这一句，管仲便空着手上路了。没有一个人对他的旅途表示祝福，管仲接受了这个现实。当他回过头来看向颍上的方向时，眼泪止不住地掉了下来，而后，一股无尽的空虚感袭上了心头。但是，还有一个希望。他告诉自己，只要坚持走到熹家，那里有季燕，一切都会有办法。一路上，管仲做帮佣赚钱，不知过了多久，终于到了熹家。熹家家主熹氏见到管仲时，没有掩饰自己的惊讶。管仲见到了季燕，向她寻求帮助。

"我会等着仲公子学成归来。"

季燕这样说着，拿了些钱币给管仲。这些钱成了管仲的旅费以及给召公的束脩①。召公家的管家同情管仲的遭遇，对他很热情，又被管仲拼命努力的样子打动，于是特许管仲阅览召公家中的藏书，还允许他抄录。

管仲身怀惊世之才——管家意识到了这一点，并对家主召公如实禀报。事实上，仅一年多的时间里，管仲便已经将召公家的全部藏书烂熟于胸了。

管仲成年之后，位列召公门下高徒的末席。召公的弟子会按位次依序出仕，或为王臣，或侍诸侯。轮到自己还要三年吧，管仲暗暗计算着。但是，兄长的死打乱了他的计划。

管仲急匆匆地赶回颍上，料理了兄长的后事，一心等着熹氏前来吊唁。可是，熹家没有一个人过来。

冬天的夜空中星光闪烁，让人更生寒意。

"季燕啊，我该如何是好。"

管仲朝着星空这样问着。

---

① 即捆成一束的干肉。古代学生与老师初见面时，要先送上见面礼来表示敬意，这个见面礼被称为"束脩"。

暗夜之息

管仲家走到了破败的边缘。

父亲留下的遗产很快便被兄长挥霍一空。

兄长这是在报复父亲吗?父亲和兄长之间究竟发生过什么?管仲一无所知。一直护佑在兄长身边的母亲也许略知内情,但是母亲眼看着兄长荒淫无度也不加劝阻,默默地看着兄长发狂般地挥霍家产,管仲也懒得去质问这样的母亲。但是,让管仲心怀不忿的是,和兄长一起让家境没落的母亲,今后还需要自己来赡养。他不可能把赡养母亲的责任推给弟弟,也没有财力把母亲和弟弟都接到王都。要维持自己一人的生活已经十分吃力了。

"能不能代我照顾母亲三年?"

管仲低头向弟弟恳求。家中剩余的财产除了宅子和土地,还有不少田产。把这些变卖了,换一个小点的宅院、一小块地,再养些家畜,可以保障母亲和弟弟的生活。三年后,等他在某诸侯国谋得一官半职,一定回来接他们。管仲一字一句地跟弟弟解释着。

"三年之后,你一定会回来接我们吗?"

管仲的弟弟尚未成年,也没什么胆色,故而不安地追问着。

"我发誓,一定回来。"

这个誓言背后沉淀着浓浓的忧郁。母亲可以和弟弟一起生活,但是无法和自己一起生活,不是吗?如果可以的话,他也不想和母亲一起生活。为此,他必须拥有足够的财力,以将母亲和弟弟安置在别处。

"我回洛阳了。"管仲辞别母亲和弟弟。

因为一直不见有人前来吊唁,管仲决定在回王都的路上绕路到熹家去看看。正当管仲准备换装出门的时候,一辆马车到了,从马车上下来的正是带着奴仆前来的季燕。管仲大吃一惊,赶忙上前迎接这位美丽的吊唁客。

"你终于来了。"

管仲想着,眼眶一热。季燕只与管仲对视了一下,便马上入内拜见了管仲的母亲。季燕说自己是替父亲前来吊唁的,神色庄严地诵读了悼词。但是,所谓替父亲前来吊唁并非实情,季燕是背着家里人偷偷跑出来的。

只剩下管仲和季燕两个人的时候,季燕神态异样,强烈地请求:

"仲公子,你带我走吧!"

"你家里说要取消我们的婚约吗?"

"父亲虽不曾这样说,但是一定会的。我只有待在公子身边才能幸福,嫁给别人是绝对不会幸福的,我自己清楚。"

季燕悲切的语气中透露出她所面临的危急。管仲深深地体会到了他们二人命运中的悲痛。

"季燕小姐……"

管仲满面愁容。在负起赡养母亲和弟弟的责任之前就与未婚妻同居的行为，是无法被世人接受的。孝乃礼之本，私订终身的不孝子一定会被召公逐出师门。为师长所厌弃、为世人所不齿的人，是不可能有前途的，他的一生都只能躲在阳光照不进的陋室里苟延残喘。成为这种人的妻子，又有何益处？

"三年，请等我三年。我会向令尊请求的。"

"三年……"

泪水从季燕的眼中滑落。三年后我就二十一岁了，她低下头无力地呢喃着。男子成年是二十岁，女子是十五岁。在这个时代，女孩子十三岁到十五岁是适婚年龄，过了二十岁才完婚就是晚婚了，会被人议论。熹氏断不会让自己引以为傲的女儿蹉跎到那个年纪，他一定会取消与管家的婚约，另寻豪门贵族。季燕正是因为清楚地意识到了这个危机，才暗下决心，宁愿从此以后不明不白地跟管仲一起生活，才带了钱财和物品前来投奔管仲。可是，管仲可能并不清楚季燕所感受到的危机，他说必须要征得季燕父亲的许可。必须按照这个世界的既定规则生活的男人，算个什么！

"你先回家，我随后就到。"

"呜呜——"

季燕的泪水模糊了视线,她紧紧地抓着管仲不放。管仲用手托住她颤抖的身躯,环抱着她。如果管仲能一直这样不放开,季燕的身心便能沉浸在幸福中。管仲的手开始发抖。

这是上天对我的考验——这个念头突然闪过。自从父亲去世后,理解他、爱着他的就只剩季燕一个人了。常言道,士为知己者死,死而无憾。管仲愿意为了季燕去死,男人的爱理应如此。但是,他不应该让所爱之人为自己陪葬。在这种情况下,真正的爱是让季燕好好活下去,用自己的生命换取她的幸福。如果此时将季燕的身心占为己有,就相当于杀了季燕而让自己独活。这种决心唯有管仲自知。男女之间不是应该解决完矛盾后,再共建梦的家园吗?如果现在心疼季燕的悲伤,反而会失去她。眼下怀中的季燕只是一个幻象,真实的她还在未来。管仲在心中祈祷自己所理解的爱符合天意,松开了手。

季燕默默地坐马车回去了。管仲也不得不带着沉重的心情、拖着沉重的脚步上路了。

徒步走到熹家,大概要半个月。

颍水虽然不会结冰,但冬天的河岸上一片凋零,河面上吹来的风,冷得刺骨。

> 我生之初，尚无庸。
>
> 我生之后，逢此百凶。

管仲唇齿间流出的这首诗带着悲哀的韵律。诗中的"无庸"是不受劳役之苦的意思。如果父亲还在世，管仲便可以心无旁骛地求学，在人们的祝福中迎娶季燕为妻，不慌不忙地走上仕途。但是，管仲的人生突然一片黯淡。

"为什么？"

管仲想要放声哭喊。他在河边驻足，凝视长空，顿足悲呼。他一向看起来很冷静，其实是一个充满激情的男人。兄长俨然化身为一股狂戾之气，将整个家族和家中的下人都推向了不幸的深渊，然后抽身而去。如果说这是兄长对父亲的报复，那么管仲又该向谁报复呢？他又如何才能让埋身墓中的兄长开口承认一句"是为兄之过"？管仲的不甘还不仅如此。他本应该遵照父亲的意愿，让父亲清楚地看到自己的努力，让父亲放心。但是，他因为顾忌兄长，竟然疏远父亲，未能全心尽孝。这种抽身远离的态度肯定让父亲很是伤心吧。

"父亲……"

眼泪从眼眶滑落，管仲自言自语着，是夷吾不孝，得到了这样的惩罚，痛苦成这个样子。

之后，管仲跟跟跄跄地上路，他的眼前一片黑暗，并不期待前路出现任何转机。果然不出所料，熹家让他吃了闭门羹。

"我会一直在这里等,直到熹老爷肯见我。"

管仲身上有着这样的执着,这也是他为人诚恳的表现。

"这个人真是厚颜无耻至极!"

熹氏怒骂管仲,但他其实并不恶毒,更非薄情阴险之人,只不过是一个本心不坏的普通人。熹氏并没有打心底里厌恶管仲。

女儿的未婚夫在王都过得如何呢——熹氏为了了解并支持这个将要成为自己女儿伴侣的男子,悄悄派人前往洛阳打探。但是,从洛阳回来的人带回了坏消息。

"管仲让一个发冠商人的孙女住进家里,跟他生活在一起了。"

"他在王都有了别的女人吗?"

熹氏无法亲自去一探管仲生活的究竟,他只能相信前去打探的人带回来的消息。管仲生病时,白纱时常出入管仲家照看他是事实,但这让人误会了。熹氏对管仲的不信任就发端于此,而后来的事又让误解不断加深。管仲的兄长派人来解除婚约,管家来的人转述了管仲兄长的话:

"舍弟夷吾因故不能践行婚约,他本人无法离开王都,管家家主代替夷吾解除婚约。"

熹氏震怒:"管仲果真是要娶那个商贾的孙女吗?"

熹氏不愿伤女儿季燕的心,便没有把解除婚约的事告诉任何人。他本想着弄清管仲的真实想法后再告诉女儿实情，一直等着管仲派人过来，可是迟迟不见王都来人。这就意味着，管仲根本没有道歉的心，他是打算就此将熹家置之不理了。当然，真实的情况是，管仲无从得知自家兄长的奸计，自然也就防不胜防。

"管仲是无信无义之辈，他根本无意娶你为妻。"

管仲的兄长突然病故后，熹氏这样告诉季燕，示意她另嫁他人。传闻说管家已经破败，家产消耗殆尽，即便管仲继承家业，恐怕也难以复兴。嫁到这样的人家，只会一辈子吃苦。

季燕整日以泪洗面，神色绝望。突然有一天，她不见了，身边所用之物也不见了。这显然是投奔管仲去了。熹氏告诉家人：

"不用追，她自己会回来的。"

管仲已经和别的女人生活在一起了，他是不可能接受季燕的。让她亲眼看一看管仲的真面目，就会死心了。

一切正如熹氏所料。

季燕回来的时候像是被霜打了的花，神色恍惚地说：

"他让我等他三年。仲公子说他稍晚些就会过来。"

"你给我清醒一点！"熹氏高声呵斥。他吩咐家中下人看好季燕，不准她外出，等那个厚颜无耻的管仲来了就把他赶走。事到如今，他还要来说些什么？他就是有堆积成山的借口也决不可饶恕。熹氏下定了决心。

管仲坐在紧闭的大门前受了一夜的寒气,等到天亮的时候,他已经快不行了。守门人有些担心,上前探看。管仲感觉到有人过来,微微睁开眼,哑着嗓子质问:

"婚约是两个家族之间缔结的,你们是打算毁约吗?"

熹氏接到守门人通报,气得说不出话来。他怒气冲冲地来到大门口,不屑地看向地上仰着头的管仲。

"撕毁婚约的难道不是你们管家吗?是你家兄长差人来,把解除婚约的书信交给我的。难道不是你让你们家主人这样做的吗?不要说你不知情。"

说着,熹氏把那卷书信扔了过来。转身之前,熹氏又看了管仲一眼,眼中有泪,他忍不住指责道:

"你对季燕连一句道歉的话都没有吗?无耻之尤!"

管仲捡起书信,整个人呆住了。兄长竟然恨我到这个地步?一瞬间,他心中对兄长的憎恶也达到极点。他把书信扔在地上,用力扒着地上的土,直到手指快要出血。他的手止不住地抖,泪水不停地滑落。

我失去了季燕——意识到这个事实后,他眼前的世界彻底失去了色彩,一片冰冷。之前不论过得多苦,只要能与心中的那个季燕说说话,他就还能坚持下去。虽然他们不曾一起生活过,但是他早已将季燕看作自己的妻子,也正因为如此,他才能抱着一丝希望挣扎到如今。他心中的季燕笑,他就会笑,她哭,他也会哭。

还有三年……季燕本会等他的,熹氏本也会对此表示理解。可是,在他不知情的时候,婚约被残忍地撕毁了。不知道别人怎么样,反正对于孤独的管仲来说,这个婚约像是由希望之光编织成的救命绳索,这条绳索可以让他免于被生活的苦难吞噬,让他免于对自己、对别人感到绝望。但是现在,这条绳索被斩断了。管仲甚至想把他的兄长从棺材里翻出来鞭尸。可即便这样做了,他也永远不可能迎娶季燕为妻了。

"苍天啊——"

管仲放声恸哭。父亲去世时,他都不曾这样哭过。

过了一阵子,管仲意识朦胧地站起身来。

"对我来说,明天还有什么意义。"

管仲向前走,他厌恶这个向前走的自己。失去了季燕,你还是要继续活下去吧。你无情无义!

踏在脚下的大地都让他觉得一阵阵地痛。

管仲继续拖着步子向前,走着走着,他注意到天空寥阔。晴空万里,没有一丝云彩。他抬起头,眼泪又流了下来。

"长空是一片无尽的哀伤。"

管仲久久地望向天空。慢慢地,他的想法变了。他开始觉得,往后余生就只为了季燕的幸福而祈祷也不错。他心中没有一丝虚情假意,他相信只要自己还对别人有价值,哪怕一点点也好,也许就能得到上苍的一点怜悯了吧。

管仲只能这样告诉自己。他像丢了魂一样，拖着毫无生气的身躯回到了王都。

转眼到了第二年。

管仲回到王都后马上去了召公家，不是因为他已经重整旗鼓振作了起来，而是因为在他抑郁的心境中浮现一束微光。那光源不是白纱，而是鲍叔。他无比想要见到鲍叔。

召公家的管家有识人之明，当初他一见鲍叔，便断定：这个少年唯有管仲教得了。

管仲在指导鲍叔功课时也体会到了一种不曾有过的感觉。鲍叔的精神世界清明朗润，为人又磊落飒爽。

这是一个可以追随的人，可以跟着他到天涯海角——这个感觉再一次出现在了管仲心头，一盏小小的灯火重新在他胸中点亮。哪怕那灯光再微弱，只要是光，管仲都求之若渴。他陷在黑暗的深渊里已经快要窒息了，鲍叔对他来说就好似一根救命稻草。

"他休学了……"

得知这个消息，管仲一下子泄了气，败兴而归。可是他不甘心，又去了鲍叔的宅子。

"啊，管先生……"

只有白纱和侍女在家。从白纱那里听到的消息多少让管仲释怀了一些。鲍叔说管仲不在，家塾无聊至极，所以才出门去周游的。

"白纱姑娘,在下有一个请求。能不能让我暂住此处,等鲍公子回来?"

管仲低头请求,向白纱要了一个空房间。他的样子太不寻常,善解人意的白纱自然有所察觉,她体贴地安慰了一下管仲,不过她稍稍会错了意。

管仲连日闷在屋子里,也不去召公家。晚上,他时常放声痛哭。

"我要去把季燕抢回来!她一定会很开心,会紧紧地抓住我伸向她的手。"

管仲听着自己心中的声音,感到了一阵强烈的悲伤。他整个人都快要疯掉了,光是想象季燕嫁给别人为妻他就无法忍受。他想告诉季燕,撕毁婚约的不是他,是他兄长恶意所为。但是管仲心里清楚,即使他说了、向她道歉了,也没用。他的思绪一片混乱。

"这种时候,古人都是如何做的呢?"

为了拯救自己,管仲重读了以前读过的书。一首诗让他感触颇深。

> 绵绵葛藟,在河之浒。
> 终远兄弟,谓他人父。
> 谓他人父,亦莫我顾!

他咏罢便哭，哭罢继续咏诗。春日的夜里，白纱听见了管仲的声音，她对侍女们说：

"管先生是在悼念亡兄吧，他们兄弟的关系一定很好。"

春天过去了，鲍叔还没有回来。管仲回到自己家中，性情大变。他似乎丢掉了所有的耐心，厌弃了这世上的一切，只默默地往来于召公家的家塾。初夏临近尾声的一天，天气炎热，管仲那个本应待在颍上的弟弟突然来到了王都。弟弟在管仲家住了一日，便一脸不情愿地回去了。

弟弟总是带来坏消息。

管仲怅然。

这个消息若说意外却也意外，若说不意外倒也不意外。母亲和弟弟按照管仲所说，变卖了房产、土地以及大面积的田地，另买了一个小宅子住进去。但是他们后来得知，兄长还欠了外债，债主追上门来，把他们所有的积蓄都抢走了。弟弟无力赡养母亲，想与母亲一起来洛阳投奔管仲。

"说得真轻巧啊！"

管仲心中有些不悦，但不是因为弟弟。父亲生前，母亲处处包庇兄长，父亲去世后，她又默许了兄长的放纵。细想来，当初那件事也不合情理——兄长恶意撕毁与熹家订的婚约时，母亲听之任之，没有因为疼惜管仲而出面阻止。如果母亲曾试图阻止过，弟弟肯定会告诉他的。思来想去，管仲觉得母亲就像一个妖怪，一个耗光了父亲的遗产、粉碎了父亲遗志的妖怪。

母亲也想报复父亲吗？如果是这样，那究竟是出于什么样的怨恨呢？假设将父亲在世时的荣光彻底抹杀掉，就是母亲的报复，那如今母亲应该心满意足了，她又为何想来投靠深深思念着父亲的自己呢？

"母亲是想把我也毁了？！"

管仲越想越笃定。

"不要靠过来！我不想被你吞掉！"

管仲想要这样朝母亲怒吼。但是，在这个逼仄的陋室，管仲只能安慰弟弟说：

"我会寄钱到颍上，以表达我的赡养意愿。等到我有能力照拂母亲和你时，一定马上去接你们。在那之前，请耐心忍一忍。"

弟弟回去之后，管仲心中烦闷，在都城内漫无目的地四处走动。如果有季燕在他身边，这份痛苦也是能扛过去的。如此一想，他再一次清楚地认识到失去季燕是一件多么无可挽回的憾事。聪明如季燕，自然不会像她父亲那样误解他，但是也未必能一直信任他，等他三年。事到如今，娶季燕为妻已成妄想。既然如此，自己又是为何而活？管仲无比颓然。

即使以后再与另嫁他人的季燕重逢，管仲也不会开心。他把无情的母亲和弟弟带在身边，就算仕途发达了，又能感受到多少荣光呢？恐怕什么都不会有。终于，管仲蹲在了路旁。

心中憎恨的对象已经不在世上，这真的太痛苦了。

管仲也不是不曾想过投身伊水或者洛水一死了之。他整个人陷入一片麻木的虚无中。

慢慢地，他抬起头，一个招募短工的告示突然映入眼中。

第二天，管仲受雇，开始在田地里除草。

这个短工两天便做完了，他再次回到召公家。能让他一吐苦水的，只有召公家的管家了。为人敦厚的管家告诉管仲：

"你要出仕也不是全无可能。"

管家告诉他，周桓王之子子仪正在招募有能之士。子仪是桓王最宠爱的儿子，其威势甚至胜过了太子。

"这位子仪殿下背后的人，是周公。"

管家的话里带着微妙的迟疑。若说周王室的左膀右臂，非周公与召公莫属，而周公更受桓王的重用。桓王好恶极端，这位深受桓王信赖的大臣，所辅佐的王子却不是嗣子，这似乎预示了将来可能出现的风波，管家之所以迟疑也正因如此。管仲也清楚，周王朝中掌握权势的人是周公。

"召公非常珍视与太子之间的情谊吧。"

管仲确认道。

"太子将是周朝下一任天子,但家主并非因此而取悦太子,而是出于对道义的尊重,我希望你能明白这一点。"

"明白了。我并不想辅佐子仪殿下,子仪殿下身上有一种危机感,我不想成为一个不见天日、只能以逃亡为生的臣子。"

管仲的话说得有气无力。

管家微微点头,眉宇间笼上了一抹愁绪。

"来路不正的荣光不会长久。虽然我刚刚说你不是没有出仕的可能,但我也不建议你去辅佐子仪殿下。只是,有些为难啊……哦,对了!"

突然,管家压低了嗓音,确认周围没有旁人之后,悄声告诉管仲:冬天的时候会有战事,在战事来临之前,你先想办法撑住。

周王室要出兵的话,召公家会随周王派兵。只要从了军,就无须担心吃饭的问题了。此次出兵是周王室与西边的秦国共同谋划的,这在当时还是个秘密。

是要攻打何处呢?

管仲没有追问。自己究竟是为了求生而从军,还是为了求死而从军,这个问题他也不愿意多想。

数日后,管家悄悄将管仲叫过来,让他到王都内一户富庶人家去教那家的幼子功课。

"先靠这个撑下去吧……"

管仲心里松了一口气,同时又觉得很难为情。人在快要被贫穷压垮的时候,会丧失对旁人的同情。原本管仲也会关心别人,也会怜悯家中的奴婢,可是现在的管仲就像是待宰的牛羊,只能诅咒自己的命运,哀叹自己的不幸。

回到家,他在一片黑暗中默默地沉思。

他开始冷静地观察这个悲伤的自己。该如何从苦痛中走出来?假如死了,那便一了百了,但这样一来就违背了对弟弟许下的誓言。如果死意味着背弃誓言,那么他不想死。真的是这样吗?无论他自问多少遍,答案都始终如一——比起死,活下去完成约定更为重要。那么,他不得不活下去。他不得不将自己的感情放在一边,继续负起赡养母亲、抚养弟弟的责任。若比这两人先死,便是他背信弃义。

人生只剩下这些。——他的喉头涌上一阵干笑。

寻常的幸福对他来说都已经遥不可及,这就是他今后的生活。坚持活下去,直到被母亲吞噬,仅此而已。他以前对自己的才能暗自感到骄傲,而这些都被命运轻易地抹杀掉了。他身为周穆王后裔,生于豪族,而如今这些都毫无意义。一个人的潜力如果得不到适当的环境支持,是无法大放异彩的。看看自己现在的窘境,能做的不过是除杂草罢了。低人一等的人不应该抱有超乎寻常的梦想。努力做一个普通人,就能摆脱苦痛。

即将成为中国历史上最杰出的宰相的人,已卑微到尘埃里，苟延残喘于陋室之中。不过，可能正是因为管仲极度地放低了自己，才意识到了宇宙的广阔。他所生活的时代比孔子早一百五十多年，所以他不可能知道儒家的理念。在不过分相信个人的力量、不抱有过高的期待这一点上，他与儒家有着截然相反的思考。由此生出的守护国家和人民的法治意识，又与将礼作为行为规范的儒家思想形成了鲜明的对照。

他麻木地度过了夏天和秋天。

"作为一名士兵，我也很糟糕。"管仲即将随军出征，但他对自己产生了极大的厌恶。因为他从不曾拿起长矛之类的兵器。

只有白纱前来为他送行。白纱注意到召忽也在召公的军队中，一皱眉，大声说：

"那个人很讨厌。"

白纱似乎每天都在盼着贝佚回来，她的恋情毫无掩饰，而这样的恋情在心如死水的管仲心中已经掀不起任何嫉妒或是羡慕的波澜，他对周围的一切都没了兴趣。

召忽这个人，不坏——他想这么告诉白纱，告诉她其实召忽这个人重情重义，但最终他只是沉默着行了一礼，便出发了。

王师一路向西而去。

陈国丽人

士兵当然无法参与战术战略的制定，所以此次为何出兵、战场在哪里，士兵们要到了战场之后才会清楚。管仲不过是一介士兵，他只知道大军正在向西进发。

"这是要去晋国？"管仲猜想。

管仲虽然学识渊博，但他掌握的军事情报很有限，就连与他在同一支部队的召忽也是一无所知，所以管仲只能通过各种小道消息加以揣测。王都里流传的各种传闻中，晋国引起了管仲的注意。晋国位于黄河之北、汾水之东。据说，晋国公室的本家与旁支之间纷争不断，以曲沃为大本营的公室旁支威势日益强盛，直逼公室正统。

事实上，去年春天在汾水之畔，曲沃武公击败了定都于翼（后改称绛）的晋哀侯，晋国公室正统濒临灭亡。管仲推测，周王室对待各诸侯国的嫡庶各支并非一视同仁，视庶出的曲沃一脉为不正，为了扶植嫡出的宗室，因此派兵远征。

王师不断西进，行至虢国，补充兵力，虢军也加入了周王师的大军中。虢国在黄河两岸各有一处都城，南岸都城上阳是虢国的首都，副都下阳位于黄河北岸。

虢国是西方最大的国家。可以说，虢公统领着西方各诸侯国。

王师从上阳出发,渡过了黄河。

"看来,果然是要进攻曲沃。"管仲想。

自下阳往北便是曲沃,但是王师渡过黄河之后,先北行了一段,而后改路向西。

"咦,这是要去哪里?"

西边的诸侯国中,还有很多不为管仲所知的内讧,其中之一是一个名为芮的小国发生的内乱。

芮国位于黄河与渭水的交汇处,确切地说,芮国位于黄河西岸、渭水北岸。"芮"这个国名在中国历史上最早见于周文王(殷王朝末期)时期,以"虞芮之讼"为人所熟知。当时,虞、芮两国因为领土问题僵持不下,于是他们决定找西伯(周文王)裁定,但当两国使臣来到周国边境时,只见周国的农人互让地界,国民人人礼让长者,这让他们觉得非常惭愧。

"你我两国的争端在周人眼中简直可耻,我们有何颜面去西伯那里评理,去了也不过是自讨没趣。"

于是,他们逃也似的回去了。诸侯听闻此事,纷纷称赞道:

"西伯真乃天命所归之君。"

后来,如后世所知的那样,芮国在周王一统天下之前就已经归顺于周很久。当然,这时虞国也尚在。虞国位于虢国以北，虞公的爵位是公爵，是最高阶的爵位，所以可以说虞国公室是名门中的名门；而芮伯的爵位是伯爵，位属中游。

言归正传。芮国的内乱其实发端于一场母子之间的争端。

芮伯名万，好恶极端，只重用宠臣，而且无甚孝心，为其母芮姜所恨。芮姜悄悄地集结了对芮伯心怀不满的大臣，突然发动兵变，将芮伯逐出了国境。通常，这样的西方小国发生内乱时应当请求虢公予以裁断，但是芮伯万逃出芮国后一路向东，并没有去虢国，而是途中停留在了魏国，而后一直没有动静。

事情起于去年冬天。

魏国建国比芮国晚，公室与虞国、虢国一样都是姬姓。芮伯之所以没有逃往虢国，大概是因为不信任虢公，而更相信与西方边陲的秦国之间的友谊。芮伯万逃出芮国后也没有直奔秦国，而是朝反方向逃奔，要么是向西的路被阻断了，要么还是想去虢国请求裁定，而他最终停留在魏国，应该是因为魏国君主为他出谋划策了。

第二年春，路上的积雪刚化，芮伯万便派出了密使。

秦宁公召见了携芮伯密信前来的使臣，但没有马上给出答复。西方各国的纷争一向由虢公裁决，秦宁公对于越过虢公进行调停或者派兵镇压的做法心有顾虑，忧思良久，最终派使臣向周王禀报了此事。周王室认为，一旦虢国出兵，事

态会更加严重,所以命令秦宁公:

"出兵攻芮,镇压叛军,助芮伯归国。"

是年夏,秦宁公领了王命,待农忙过后,于晚秋出兵,急袭芮国。但是,芮国当权者将旧主驱逐出去后,对外来突袭有所防备,而攻向芮国的秦军又过于乐观,结果铩羽而归。秦宁公退兵后,向周王室禀报了战败的消息,请求周王示下。于是,是年冬,王师出兵了。

向西进军的王师在魏国郊外等待秦军的到来,两军会合后,没有进攻芮国,而是马上包围了魏国[①]的都城。管仲身处军中,尚不知为何攻打魏国,其他的士兵也是一样。对魏国都城的包围持续到第三日时,管仲才听召忽说道:

"魏国迟迟不开城门,是为了包庇芮伯万。"

召忽带着一脸讳莫如深的表情说着。据召忽讲,魏侯似乎也深恶虢公。不愿交出藏匿在国中的芮伯,是因为不满于单凭虢公的一念来裁决芮国的内乱。魏侯要求周王保证必须在王都裁决此事,还要求周王保证不怪罪魏国对芮伯万的庇护。召忽认为谈判的内容只是这些。

在管仲看来,召忽人品不错,但是见识一般。

他没有告诉召忽,夏天的时候他就从召公的管家那里听

---

① 此魏国为西周初年周成王所封,封地位于今山西省芮城县北,非"战国七雄"之魏国。

说了周王室将要在冬天出兵的事。也就是说，周王并非因为秦军战败才决定出兵，无论秦军远征的结果如何，周王都已经决意向西派兵。另外，芮国对秦国的突袭有所防备一事也令人费解。若说有什么谈判正在进行，那么谈判可能还藏在更深的地方，当事人和与之有关的人在暗中往来，尚未浮出水面。

这样的揣测即便切中要害，管仲也不想自夸。

他总是试图一下子看穿事物根本，这种习惯有些卑劣，像召忽那样从正面进行推断才是男儿所为，那样得出的结论才更安全。即使看穿了幕后的交易是什么，也并不意味着抓住了事物的本质。要抓住事物的本质，需要将自己置身其中，当周围的状况与自己有着紧密联系时才能进行判断，就如同隔岸观火无法把握火的本质一样。召忽把对岸之火仅仅当作对岸之火来看，而管仲却在自己的想象中感受着火舌。与管仲相比，召忽的思想中所包含的危险要少得多。

召公家的军队也一度攻到了魏国都城门前。

召忽作战英勇，试图登上城楼，但不慎跌了下去，重重地砸在地面上，可他又一次拼命地想要登上城楼。

管仲虽然也举着盾前进，可还没走到城门跟前便停了下来。

"这里的攻防战不过是做做样子罢了。"

这个冰冷而又现实的想法让管仲无法扬起斗志。他浑身的每一寸肌肤都在告诉自己，在一场不知为谁而战的战斗中牺牲实在是愚蠢至极。可讽刺的是，管仲表现出的懈怠却帮了召忽。召忽又一次在向上爬的时候跌了下来，为了躲避城楼上如雨点般落下的箭，他只得逃开，其余的士兵也都撤退了。

只剩下我一个人了——管仲意识到。管仲望着猛烈袭来的箭雨，思考着其他的事。季燕现在怎么样了？为什么鲍叔迟迟不回来？他想着这些，忘了自己正身处战场。突然，召忽躲到了管仲的盾牌后。

"哎呀，你真是个勇士。"

被召忽这一称赞，管仲才意识到现状的危急。周围已经完全没有了己方的兵士，面对攻上来的敌军，他们二人是最后从阵上撤下来的。回至营中，管仲发现自己中箭了。

"你是为了救我才留下来的，对不住。"

召忽表达了感激，并为管仲细心地包扎了伤口。

数日后，王师的使臣进入魏国都城，将芮伯万带了出来。从结果来看，最终芮伯被捕，押送至王都。

"这就是我第一次出征吗？"手臂上的箭伤隐隐作痛，管仲一脸阴郁地踏上了归程。

与此同时，季燕正要离开自己的出生地陈国，前往卫国。

我们永远不会知道命运的转折将出现在何处。

季燕从父亲那里得知了事情的原委，对与管仲的婚事彻底死了心，郁郁寡欢地将自己关在屋中，整日以泪洗面，终于把身子搞垮了。

"就这样死了也无所谓。"绝望的季燕在病榻上奄奄一息。这时，她做了一个梦，正是这个梦让她免于心力衰竭而亡。

梦里，她与管仲二人正在宫中的琼筵上欢谈，管仲浅浅地笑着，说他好几次都险些丧命，但因为想到了季燕才又活了下来，他还说看来只要心诚，愿望就一定能实现。后来，不知怎的，她走在满是浓雾的山中，突然出现了一个樵夫，她赶忙向他问路。那樵夫却冷笑着对她说，是你不相信别人才会落得如此境地，我说的话你也不会信的，说完便离开了。季燕见那樵夫的背影正是管仲，"啊"地叫出声，接着脚下踩空，就像大地突然消失了一样。正当她意识朦胧之际，又被谁抱了起来。她心中感到一阵淡淡的喜悦，却看不清对方和自己。

这就是那个梦的全部。

"那个宫殿是哪里？"

对于梦中的管仲身着华服、居于豪室，自己竟然没有半点惊讶，平静地与他交谈着，这是为什么？季燕十分不解。如果这个梦预示着未来，那么，我要去找到梦中的这个地方。

季燕终于离开了病榻。

时值寒冬，一日，一位陈国使臣自陈国都城来到了季燕家中。

"虽然并非强制，不过……"

使臣向熹氏说明了诏书的内容。

原来，卫国大臣来访陈国，正在陈国都城内。这位卫国大臣对接待他的人半开玩笑地说：

"陈国之内为何全无美人？"

这话传到了陈公耳中。当时，要说美女最多的地方，非卫国和郑国莫属，所以这位大臣的戏言半真半假。

陈公倍感耻辱，命令身边的人道：

"要让卫卿看看，我陈国也是有美人的。"

陈公身边的数名近臣慌忙开始四处打探，其中一人找到了熹氏家中，说明了此事。

"美等同于良，卫国大臣说我陈国没有美人，等于是在说我陈国没有贤士，还望熹大人能够明白我们心中的不甘。"

使臣说着说着就红了眼眶。

"只是列坐于宴席之上，对吧？"

"自然自然，还能有什么别的事？奏乐有伶人，跳舞有舞者，卫国大臣自有君上亲自招待。各地集合而来的美人只需要端坐在一旁便好。"

"我还要问一下小女的意思，如果她不答应，恕在下不能让小女前去。"

"有劳大人了。"

使臣低头深谢。熹氏心中清楚，自家女儿的美貌堪当陈国第一，却要与旁人得到同样的对待，他心中甚是不满。况且，女儿要被当作助兴的工具，更是令人不快。所以熹氏不大情愿地告诉了季燕。

"这并非君上的命令，可以拒绝。"

"可以见到宫殿吗？"

季燕明亮的眸子中闪烁出坚定的意志，她的眼睛在说，她要去陈国都城。不过，随使臣乘上马车时，季燕还是后悔了。管仲不可能在陈公的宫殿中，此一去不过是确认那里与梦中的宫殿有何不同吧。季燕心中怀着对未来的不安和对现实的失望，还有一份不可名状的忐忑，她纷乱的心绪随着马车的颠簸变得越发不可收拾。

"仲公子，你为什么要抛下我？"

有时，季燕的心头会如此涌上一阵阵的怨愤。世间男子都是这般靠不住吗？她觉得受骗于管仲的自己很可怜，又觉得相信管仲的那些日子很可悲，可是在梦中和管仲对话的自己却已然原谅了他。他们之间究竟是哪里出了问题？我如此责怪管仲，可我自己是不是也有错？季燕觉得自己今后都要一直追问着这个没有答案的问题活下去了，思及此，一股深深的无力感袭上了她的心头。

同行的陈国使臣当然无法窥见季燕内心深处的想法，他见季燕一脸阴郁，便尽量照顾，同时暗暗在心中感叹："我们陈国竟有如此的美人！"

使臣为自己不辱君命而自满。

事实上，季燕的姿色也让云集于陈国都城宫中的一众美人都黯然失色。宴会上，要先进餐，后饮酒。酒席上，卫国大臣面对堂下一众美人略感惊讶，起身来到阶旁俯瞰，他的目光马上停留在了季燕身上，不禁出声咏道：

清扬婉兮，适我愿兮。

"清扬"的意思是天庭饱满、眼眸澄澈有神。听到卫国大臣吟诵诗歌，陈公也起身看向堂下。卫国大臣马上用手指向季燕，用堂下也能听到的音量说道：

"为彰显两国情谊，还望君上可以将这朵芍药花赏赐给臣下。"

季燕闻声，稍一抬眼。一瞬，陈公面露不悦，含糊地说：

"这朵芍药花并非开在我家庭院中……"

卫国大臣听了，强硬地要求道：

"若非君上庭中所开之花，那么远来之客攀折回去也无妨吧。外臣想亲自去问一问这朵花的意思，还望应允。"

陈公若尚在壮年，定不会将国色天香的季燕让与他国之臣，而是将她收进自己的后宫。然而陈公年事已高，对闺中之事已经没了兴致。顺附一言，陈公亡故于这一日宴会的数日之后，即十二月甲戌（二十一日）。

卫国使臣直接过去与季燕搭话。

"希望你不要误会，我带你回卫国，不是要你做我的小妾。"

这位大臣言语颇为温柔。

"大人是要将奴家献给卫国君主吗？"

"嗯，卫国宫中有先君（卫桓公）的生母戴妫夫人，戴妫夫人是从陈国公室嫁到卫国，给卫庄公做妾的。你先去服侍这位夫人，如何？"

卫国大臣虽然这样说着，其实他还另有打算。卫国现在的国君是卫宣公，但这位卫国的使臣并不想让季燕做宣公的妾室。有资格做卫公妾室的人，必须是其他国家的王公贵族或大臣之女。季燕并非贵门所出，即使入得宫中，也是连女官都当不上的。不过他既然见到了季燕非比寻常的美貌，就一定要让这份美貌为卫国公室所有。总之，他打算先培养一下季燕。表面上让她去服侍戴妫，实则让戴妫来培养季燕。季燕习得礼仪与淑德品质后，定会成为一个有益于卫国公室的人。这位大臣之所以这样想，是因为他透过季燕的美貌洞察了她的性情心智。

季燕听了，并没有说"要回去问问家父的意思"。自从与管仲家关系闹僵后，季燕开始觉得命运也好宿命也罢，都不是个人意愿所能控制的，她不想再次回到那种阴郁的情绪中。来到陈国的宫殿后，季燕与聚集在这里的姑娘们聊天，见识了自家之外的世界，而她身边已经没有了可以说话的人，不论外边是一个怎样的世界，对她来说都会是一个宜居的地方。相反，若她回到家中，便只有孤独。

"若能求得君上恩准，家父应当会同意的。"

"啊，你愿意随我回卫国吗？太好了，我会准备谢礼送到你家。"

就这样，季燕最终没有再回家，而是随卫国大臣从陈国都城前往了卫国都城。

周朝王师回到王都时，已经是第二年了。

在王都，鲍叔的随从阿僄正翘首盼着管仲回来。阿僄在凯旋的士兵中发现了管仲的身影，马上拨开人群，跑了过来。

阿僄踉跄地跌到管仲怀中，碰到了管仲的手臂，管仲脸色骤变。

"啊，先生受伤了吗？"

"嗯，轻伤，一直未愈。不说这个，鲍叔回来了吗？"

"还没有，主人现在在郑国，似乎是要久居，特命小人来接先生同去。"

"郑国……"

管仲略一皱眉。鲍叔为什么会在郑国停留？又为什么要接我同去？

阿僳在随管仲回家的路上，向管仲说明了其中的缘由。

鲍叔与随行的三人一起周游了王都附近的各国，原本打算半年后回来。他们先到了虢国，而后去了虞国，之后没有去晋国，而是一路向东，周游了黄河北岸各国，最后到了郑国。

"三日后，我们离开此地，回王都。"

鲍叔这样说道。于是，他们在郑国都城内四处游览，第二天又去近郊赏了春色。是时正值踏春的季节，郊外荒野的河畔上聚集了很多人。虽然鲍叔对女色兴趣不大，却也禁不住感叹：

"郑国当真多美人啊！"

傍晚时分，他们正打算回下榻的旅舍时，一辆马车向鲍叔这边驶来，鲍叔抬眼一看，突然叫道：

"啊，是那个车夫！"

他的声音很大，大到惊吓了拉车的马匹。车上的车夫虽然也注意到了鲍叔，但没有搭理他。

"停下！"

鲍叔颇具威严的声音让车夫不由得勒紧了手中的缰绳。光线微暗的马车中传出幽幽的笑声，随后是一声询问：

"是那天草丛中的小子吗,何故在此?"

鲍叔瞬间整肃了表情,先行一礼,而后声音洪亮地回答道:

"是太子殿下吗?终于有机会向太子殿下致谢了。在下来这里是为了增广见闻。"

鲍叔的声音十分通透。

"增广见闻,又有何益?"

太子的声音里带着几许讽刺。

"增广见闻,并非为自己,而是为了国家与他人。恕在下失礼,殿下这一问,问得愚蠢。"

"你倒是很敢讲啊。"

"想必殿下这一问是出于谦虚,而真正的谦虚,应当摒弃傲慢,持己谦恭。建立常规常道,应当以虚静为本,以合于时宜为贵,以正确不偏为准则。殿下所说的'益',该当如此。"

"哈哈,好得很。但是,这不是你这小子的想法,是现学现卖的吧。"

太子的声音中没有了先前的晦暗。

"果然瞒不过殿下。适才所言,是一位名叫管仲的先生教给我的。"

"哦,这个管仲是你的老师吗?"

"不是,管先生是家师座下高徒,不过,恐怕管先生的学识还要在家师之上。"

"好了,我不喜欢坐而论道。你住在这附近的旅舍吗?"

"正是,我们马上就要回洛阳了。"

"王都无趣得很。明日你来我宫中,我会派人去接你。"

太子拍了拍车夫的后背,马车离开了。

"主人认识郑国的太子?"随行的三人吃了一惊,一齐用询问的眼神看向鲍叔。

"我在王都城门外遇到过这位太子。"

鲍叔脑中突然浮现出了美人的那双小腿。可能我这一生都要为这双腿所烦吧,鲍叔在心中苦笑。

翌日,太子的使臣来到鲍叔下榻的旅舍。鲍叔乘着涂漆的马车,来到东宫。

"呀,来了,小子——"

这声音正是郑庄公的太子,名忽。鲍叔行完拜首礼,低着头说:

"在下惶恐,臣鲍氏,名牙。"

太子用鼻子哼了一声。

"是呢,我听车夫说过你的名字,想起来了。"

"今日承蒙殿下召见,臣实在惶恐。"

"宫中无趣,我叫你来就是让你看看这里有多无聊。现在跟我去射箭吧,你也射几箭。后日我要去荥泽狩猎,你跟着来吧。"

鲍叔有点受不了太子的强横，没有拜谢，只行了揖手礼。拜首礼表示接受，而揖手礼表示谦让。可见，鲍叔是想说，请太子一个人去打猎吧。

"为了继续求学，臣不得不回王都。"

"你的老师是谁？"

"家师召公。"

太子听了神色一变。

"召公……无能之辈。你跟着召公学多少年也不会有长进的。你若真心求学，就在这里学，我给你选老师。"

鲍叔从太子的言语中感受到的，与其说是太子自身的好恶，不如说是郑国在外交和政治上的态度。鲍叔是一个聪明人，他意识到太子既不狡黠也不轻率；既不会隐瞒一些无须隐瞒的感情，也不会为表面的感情所惑而耽误大事。也就是说，如果把太子的表情和情绪仅仅看作他个人的感情，就太过浅薄了。太子对召公表现出轻蔑，是因为太子的个人见解背后还有郑国公室的态度。

我能看懂这位太子——鲍叔突然这样想到。他的这份理解又转变为一种亲近感，进而转变为尊敬。太子当然不会不清楚鲍叔的情绪变化。

"臣愿随殿下同去狩猎。"

听鲍叔这样说，太子绽开了笑颜。

没想到，第二日，太子便送给鲍叔一座宅院。这宅院对于鲍叔主仆四人来说，占地面积太大了些。更让人意想不到的是，太子竟带着一众随从出现在宅院中。太子命厨子准备宴席，宴请鲍叔和贝佚，欢饮至夜。鲍叔的厨子京羔盯着摆上来的菜肴，专心致志地研究到第二天早上。圉人阿僄见了从马车上解下的马匹，不禁发出惊叹，这些显然都是良驹。太子的车夫是上级武士，所以不会留在马厩里。于是阿僄求着马厩里的仆从，详细地询问了马匹的产地和饲养方法。

"明天一早就要出发狩猎。叔牙，不要迟了。"

太子站起身，又回头对鲍叔说：

"你是齐国大夫之子，是我的贵客，家中没有奴婢定是不便。"

说罢，太子给鲍叔留下数名奴婢，而后令仆从点着火把，返回了东宫。贝佚送太子至东宫门前，对太子的豪爽甚是钦佩。

翌日，鲍叔随太子远赴荥泽。狩猎回来之后，鲍叔又拜访了已经辞官在家的郑国史官，那是太子给鲍叔选的老师。

就这样，鲍叔每十日去一次东宫，陪太子叙话。当然，太子也时不时地派使者到鲍叔家。使者来的第二天，鲍叔必定要随太子前去附近的城邑，在外留宿一两日后再回家。

秋天，太子又举行了一次狩猎。

太子夸赞随行的鲍叔，说他箭术有长进。鲍叔的体格日渐结实了起来。

初冬的一天，太子来到黄河附近一个叫祭的县邑，鲍叔随行。祭县是一位名为祭仲的大臣的食邑。当地县令将太子迎入大庑①。是夜，鲍叔被太子叫到了室中。鲍叔刚一进屋，便看到太子卧于枕衾之上，床上还躺着一个一丝不挂的女子。鲍叔倒吸了一口气，他还来不及把目光移开，就已经被那女子的窈窕身姿牵动了心神。

"你来了啊，过来。"

太子招手让鲍叔上前，鲍叔在太子近前落坐，离那女子很近，能感受到女子的呼吸。立刻，鲍叔发觉自己呼吸异常，开始有些恍惚。

太子一脸百无聊赖，没有看身旁的女子，而是盯着鲍叔。太子周身散发着一股苍凉感。

"叔牙，你如何看我？不必顾虑，但讲无妨。"

鲍叔不是一个懂得猜度人心的人。

"恕臣直言，殿下与商纣王极为相似。长此以往，恐怕会尽失人臣之心。"

太子的目光变得锐利。

"我并不是要打造酒池肉林。一边家有正室，一边在外

---

① 在高台基址上，周边连续建屋，以围成一个内向空间的院落，而其周围的长屋就是"庑"。奴隶制时代的庑是一种防御性的设置。后来，宫廷外周更加筑宫墙、宫城，然而庑作为一种设置，一直被保留下来。

寻欢,有何不妥?"

太子在七年前已经迎娶了陈桓公之女为妻。

"非也。殿下心中有所沉迷,所以想以外物抵消心中的沉迷。殷商纣王修建酒池肉林不是为了排遣自己的无聊,而是想以纯然之心抚慰先祖之灵,犒飨诸侯。与之相反,太子殿下的所为只会伤及自身,不会为他人带来福祉。所以,殿下还不如纣王。"

"嗯,是吗……"

太子轻轻地将头转向一边。

"所谓恭,是与自身的弱点对抗。如果不能做到这一点却率领群臣,会遭到神的责咎。"

"哦——"

太子一翻身,将旁边的女子抱起,抛到鲍叔怀中。女子在鲍叔怀中轻轻地呻吟了一声。就在这一刻,鲍叔清楚地感受到:

"我接住了这个女子的一生。"

女子的重量让他感受到一种不可思议的愉悦。

"怎么样,挺重的吧,她的身心都充实得很。我也许不能像你一样充实地度过一生了。我碰过的女子会被我弃如敝屣,一生被毁。所以,这个女人就赏给你了,好生接着。"

"臣惶恐。"

鲍叔说的时候没有一丝犹豫。

这样我便可以摆脱那双腿了——如今，眼前的这双腿肤色洁白，年轻有余而成熟不足，将来被岁月打磨出光泽后，想必不会输给那双腿。不用说，这个女子自然是十分貌美，体形绝佳。鲍叔轻轻地舒了口气。

"哈哈，你接受了？"

太子似乎心情好转，一把抓过那女子的衣衫，扔到了她线条美好的胸前。

鲍叔就这样抱着女子退出室外。回到自己的房间，鲍叔对女子说：

"我是齐国人，名叫鲍叔。虽然你是太子的人，但我接受你，没有半点轻侮之意，是出自对你的喜爱。你我共度一夜，如果没有不适，我想带你回我在郑国的居所。将来我回齐国的时候也会带你一起走。"

他坚毅的声音中带着温厚的气息。

事出突然，女子尚在懵懂中，但她从鲍叔的声音和态度中感受到了眼前这个青年的不凡与诚实，这才正眼打量了他一下。这一打量，她瞬间感觉自己的心跳漏了一拍，身子软了下去。

"这个人是贵族子弟。"女子想着，安下心来。自己的命运不知从何时开始一片混乱，如今好似才找到真正的归宿。她胡思乱想着，盯着鲍叔看。

"明日，大人可否让妾身见一见家母？"

她僵着声音问,见鲍叔点了点头,她也点了点头,等着鲍叔继续说话。

回到郑都后,鲍叔告明太子,他已将祭县带回来的女子纳入自己宅中,并说想将管仲召至郑国。在这里学习古籍典故虽然没有什么不妥的地方,但鲍叔认为这里的老师授业时缺乏蓬勃的精神,做学问也看不到本质,因而感到不满。如果是管仲,就不会如此。

"无妨,召管仲来吧!"

鲍叔获得太子的许可,马上派阿僄返回洛阳。

心怀误解

管仲听了阿僄的话，不禁感叹：

"鲍叔实在是鸿运高照之人！"

他笃定地对阿僄说，你找了个好主人，千万不要离开他。阿僄点了点头，向管仲道谢：

"是托了先生的福。"

鲍叔刚刚在王都租下宅院时，是管仲将阿僄推荐过来的。管仲第一次见到阿僄是在召公家的马厩，当时阿僄正不断哀求召公家的圉人给他一份差事。管仲从阿僄那拼命的哀求声中，听出了与自己类似的不幸。确实，他们二人境遇相仿。据说，阿僄的父亲过世了，母亲苛待他，所谓母亲其实是他的继母。阿僄没能成为召公家的家仆，垂头丧气地想要离开时，管仲悄悄地追了上去，在召公宅外叫住了阿僄。他们站着聊了几句，而后管仲返回宅中见了召公家的圉人，问了一些关于阿僄亡父的事。

"应该是王室的圉人吧。"

管仲的直觉是如此。这个名叫阿僄的孩子身上没有任何卑贱的气息。

他不会养一辈子马的——管仲很重视自己的直觉。所谓直觉，其实超越了理性和知识的存在，可以作为人生的指引。他清楚，选错方向的原因之一往往就是怀疑自己的直觉。只要人心中不怀邪念，就可以听到上天的声音。如果一个人相信自己听到了上天的声音，就只需按照那个声音来调整努力的方向便好。这一次，虽然管仲说不上听到了上天的声音，但他的直觉马上转变为了确信。他很快做出判断，可以成为阿僄主人的，非鲍叔莫属。这份判断最终也将阿僄从他不幸的命运中解脱了出来。

管仲先生也绝非寻常之人——阿僄虽然从心底敬重自己的主人鲍叔，但他对管仲的敬意也分毫不差。

"叫我前去的是鲍叔公子，还是郑国太子？"

"应该说是他们二位共同的想法吧。"

"你倒是会讲话。"

管仲思考了一下。其实，他如今在召公那边也学不到什么东西了，比起一味等待出仕的机会，他更愿意前往郑国，读一读他国的文献、增长见识。鲍叔若是得到了郑国太子的赏识，自己应该也能受到厚待吧。如今中原各国中，没有比郑国更强盛的国家了。

"好，我们走吧！"

"啊，主人一定会很开心的。"

阿僄露出一脸任务完成的喜悦。

管仲没有什么家财，孑然一身，很快便可以出发。早上，他来到召公家，见了管家，告诉他自己打算暂时到郑国，同鲍叔一起生活。

"请转告鲍叔，明年之内若不回来就会被除名。"

"我知道了。"

虽然管仲口中如此应承，可他心里多多少少明白鲍叔的想法——鲍叔也觉得在召公的家塾求学没什么进益吧。如果真的是这样，鲍叔恐怕不会再回到召公家里做学生了。

管仲身着旅装，从召公家出来后直奔鲍叔家。鲍叔家门前停着三辆马车，阿僄正在那里等他。

单我们二人前往郑国的话，这马车有些多了——管仲稍微有一些讶异。然而，从鲍叔家中走出来的不只是阿僄，还有神色爽朗的白纱。

"管先生，奴家也一同去郑国，有劳先生关照了。"

管仲看着白纱低头行礼，不由得一阵哑然。当然，白纱身边还跟着其他侍婢。

"事情稍有变数。"

阿僄手里牵着缰绳，冲着管仲苦笑了一下。白纱可能预感到鲍叔不会回来了吧。这样一来，贝佚也不会回来。被自己恋慕的贝佚抛下，白纱心中想必有无尽的悲伤。她很有行动力，也有着坚定的信念。自己决定的路，就只有走下去。看着这样的白纱，管仲突然想：

"季燕如果也能这样……"

但是这想法马上又变成对自身软弱的嘲笑。他嘲笑自己，之所以要老老实实在召公门下当一名弟子，其实不过是被功利所缚罢了。如果他有足够的气魄，相信自己可以在王都打出一片新天地，其实大可以将季燕夺回来，想来季燕也是这样期待的吧。然而自己没能做到。在季燕眼中，自己无疑是个懦弱无能之辈。

"已经无可挽回了。"管仲想。

从郑国都城到陈国比从王都到陈国稍近。等到了郑都，无论用什么方法，我都要把季燕娶过来。管仲看着白纱，心中充满了迎接挑战的勇气。

郑都近郊的春色远胜于其他诸侯国的都城。

水清草盛，美不胜收。美妇人也多，河面映着春光，岸边时不时能看到穿着华服的身姿，管仲心中感到一阵久违的舒畅。

"郑国是个不错的地方。"

穿过城门时，管仲爽朗地说道。

"是啊，国家繁荣会让国民变得美好。"

"阿僄，言之有理啊，正是如此。如果国家衰困，国中之人即使天生丽质，看起来也不会漂亮。这是至理啊。"

说着，管仲眉头一皱，双臂交握在胸前。管仲自己家现在就处于衰困之中，而一家之主正是管仲。

贫穷，真的太痛苦了。

他强调败家的人不是自己也没有意义，贫穷是不争的事实。如何向上天哭喊自己是多么正确、多么美好，上天也不会帮你解决贫穷。唯有自己解决。

人的一生之中能得几次上天庇佑？一次？两次？三次？每个人的次数可能不同。如果想要保持正确而美好的生活，可能至少需要被庇佑三次吧，但不是每个人都能有幸享有三次以上的机会。

"我可以依赖上天庇佑的机会，恐怕只有一次吧。"

这也是直觉。其实关键并不在于上天庇佑的次数，也不是没有可能终其一生都得不到上天的庇佑。如果自己的活法不能感动上天，那就不会得到上天的庇佑。一味哀叹贫穷，只会被上天轻视。

"贫穷的并非唯独你一人。与贫穷抗争？想摆脱困境？抗争也好脱困也罢，都讲究方法。你的智慧就是你的本钱。积累生存的智慧，赶快成长。如果不曾经历过穷困，你也不会意识到这些。"

管仲听到上天在这样告诉他。

周武王曾经在牧野之原与商纣王决战，武王不曾向上天祈佑，因为他确信自己已经掌握了自己的命运。所以武王明言，要助天罚纣。周武王是强大到不需要上天的庇佑了吗？非也。他也曾向上天祈求过，但是他克服了自身的软弱。战胜了自己，所以无所畏惧，那一刻，他就已经胜过了纣王。

思及此，管仲突然想到："民之所欲，天必从之。"

这是周武王的名言。得到天佑的秘诀就在于此吗？

人应当时常出门走走。出门在外得到的知识与从书本上得到的知识形态不同，分量也不同。从实践中得来的知识包含着敏锐的思辨，也包含着一份别样的感伤。这份感伤并不是没有意义的，那是人接触到大自然，不，是人被大自然紧紧拥抱时感受到的一种空虚，让人在一瞬间看穿生活中如影随形的喜怒哀乐，这份空虚的意义甚至超越了生存本身。在这一刻，身心不动而超绝。在这个瞬间，在这个无法摆脱生而为人就不得不活下去的现实中，自己成了不可被他人冒犯的绝对存在。换言之，这便是于须臾间得永生。

管仲拥有华夏大地之上最了不起的头脑，在这一刻，他一定领悟到了这一点——人可以将空虚作为活下去的理由。

有的人会在经年之间慢慢变化，也有的人会在转瞬之间发生改变。后者是因为有着强烈的自信，这份自信能够让他将过去的自己完全抛弃。后世的老子有言道：

"天长地久。天地所以能长且久者，以其不自生，故能长生。"

这种悖论式的观点之所以能作为真理而存立，就是因为有空虚、有无的存在。虚无之中不能生出任何东西吗？老子不这样认为，他清楚地说过："有生于无。"

逝者不能生子，不播下种子就结不出庄稼。抱有这种观点的人恐怕无法理解何谓"无中生有"吧。但是，最初的人类又是从何而来？植物又是从哪里得到了最初的种子？

假设渺小的个体也蕴藏广大的宇宙，人在转瞬之间发生改变也就没什么不可思议的了。

管仲的神色变了变。

转念之间，他们的三驾马车已经喧哗地来到了鲍叔家门前。只有管仲很安静，可这份安静中蕴含着不曾有过的强大。

"啊呀，主人迎娶了一位正室夫人吗？"

白纱眼神锐利，她看到了小心侍立于鲍叔身后的美人，马上明白了其中深意。

"似乎是的。"

管仲也马上做出了判断。那女子美艳绝伦，白纱看向她的时候像是在欣赏什么悦目的景色。管仲猜测那女子的年纪比白纱小三四岁，她与鲍叔之间似有一股暖流相通。在这股似流非流、似动非动的暖流中，可以看到他们二人心无芥蒂的契合。不只管仲，白纱也注意到了这一点。

"白纱姑娘，眼光真是敏锐。"管仲心想。

白纱有着足以判断鲍叔人品的眼光。虽说有些事后诸葛亮，但管仲也很佩服。

"客人远道而来，一路辛苦了——"

鲍叔高声说着,笑脸相迎,管仲也被他逗笑了。鲍叔用洪亮的嗓音讲出的这句话,与他初到洛阳拜访召公时听到的一模一样。

"这宅院之大让在下吃惊,不过更让人吃惊的另有其事。"

管仲说着,目光看向远处的那个美人。鲍叔点点头,敛去笑容,毫不含糊地说:

"她叫檽叔。等我成年后,便会正式娶她为妻。"

鲍叔的精神世界强劲而清明,无论世间多么污浊,他都能一尘不染地生活下去。让别人知道自己在成年之前就将一个女子带在身边,换作旁人定会觉得为难,但是管仲没有从鲍叔身上觉察到一丝淫邪之念,不仅如此,他甚至能感受到正是鲍叔对这个女子无限的爱意,将她从不幸之中拯救了出来。

"管仲先生觉得我这妻子如何,稍后可否讲与我听?"

"稍后,是指——"

"嗯?"

鲍叔一时没懂管仲问话的意思,忍不住盯着管仲的侧脸看。

"是十年后,还是五十年后?"

"岂能……就今晚——"

"那样的话,我现在便可说与公子。美而知羞更显得美,知羞不单是纯情的表现,更无声地展现着这个人的智与礼。尊夫人一定十分敬仰自己的父亲,而她的父亲应该是位居士大夫吧。再多说一句,在下猜她的父亲恐怕已经离世了。"

"实在是惊人!"

鲍叔与其说是因为管仲的洞察之精准而惊讶,不如说是为管仲那不可思议的敏锐而感到震惊——他身上发生过什么事?

管仲必定是经历过什么让人改头换面的重大变故。鲍叔知道管仲家有亲人离世,但他觉得那并不是让管仲发生改变的原因。管仲的人格更添了一层力量与深沉,他在内心揣度着原因,但没有问出口。在庆祝二人再聚首的热闹晚宴之后,鲍叔悄悄地问管仲:

"先生现在肯定很是疲惫,非常抱歉,不知可否再叙几句?"

管仲正在称赞京羔做的美食,听罢,微微点了点头。

白纱正与旁人谈笑,也注意到了他们二人的动静,用目光追随着,看到了管仲的表情。在来郑国的路上,白纱就发现了管仲身上的变化,她觉察到他身上有一股不幸的气息,但她没把自己的感觉表现出来,这便是白纱的聪慧过人之处吧。

"鲍公子为人善良。"白纱心想。

白纱自然不会看漏鲍叔与管仲的耳语,但她有着不言而

明的谨慎。于是,扬声问道:

"小女可否去檽叔夫人房中看看?"

这是她的体贴,好让管仲与鲍叔两人可以安心地叙话。

管仲回到自己的房间后放松了下来,鲍叔也跟了进来。

"公子如果明年之内不回王都去召公家报到,将会被除名。不过,想来公子是不打算回王都的,在下带来的这个口信是一个无关紧要的消息。"

管仲苦笑着说。

"我不回王都。"

"不回——"

"先生比我自己更了解我。"

鲍叔笑着坐下。

"世人大都看不透自己。"

"我对自己还有先生都看不透。先生身上好似带着一大片暗影,我想问问那是什么,我这个问题是不是问得太愚蠢了?"

"公子有檽叔姑娘那样贤良淑德的美人在旁,所以这对公子来说确实是一个愚蠢的问题。公子伸出善意之手搭救了一个姑娘,而在下却用不忠之手抛弃了一个姑娘,然后我自己也被狠狠地拍到了地上,我能回答公子的只有这些。只能得到这种答案的问题,确实不应该问。"

管仲见到檽叔之后清楚地认识到,他与季燕分开根本不是什么命运的捉弄。他一直在责备自己没能达到季燕的期许，虽然在当时的境遇下，自己也尽力去保全季燕的幸福了。他虽不曾吝惜付出自己的真诚，然而季燕还是渐渐远离了自己，因为她缺乏檽叔心中那种信任。管仲让季燕再等三年，那绝非托词，实是真心，可季燕只强调自己的处境，并不理解管仲心中的苦。面对女子的不信任与不理解，不发恶言、默默离去才是君子所为。哪怕胸中的不甘如烧如灼，也要忍下去。忍耐可以使人成长，而心中所怀的不甘可以使人生飞跃。肯定有某个女子愿意等到那一天的，管仲相信。

"先生的样子就好像大地开裂，先生身陷其中，重新又爬了上来一般。"

虽然管仲说他问的问题愚蠢，但鲍叔并没有生气，他尊敬管仲，也懂得管仲的悲伤与苦痛。

"原来如此……"

管仲并不介意自己的样子看起来如何，他只要自己心胸开阔、意志笃定就够了，何况从鲍叔的反应就能看出自己现在是什么样了。

"先生将来迎娶的女子，要么是绝世美人，要么是极其平凡的人吧。不，先生同时需要这两种女子。"

"哦？我会拥有两位妻子吗？"

"一定会——"

鲍叔断言。管仲身上缺少的正是鲍叔的这份坚毅。

"我这个愚蠢的问题打扰到先生休息了,还请原谅。从明日起,我想请先生为我授课,书籍用具一应俱全,如果需要什么其他的书籍,我可以让人去准备。另外,先生到来一事,我会禀明太子。"

席子还没坐热,鲍叔便要起身离开。管仲抬起头,柔声问道:

"在下也有一个愚蠢的问题。公子为何不跟在郑太子身边做事呢?"

管仲有意克制了自己言语间的锐利。

"哈哈,原来如此,这确实是一个愚蠢的问题。先生在到达郑都之前,应该沿途看到了郑国的情形,不是吗?那么,我告辞了——"

鲍叔退出室外。

"他年纪轻轻,却能洞察到这个地步吗?"鲍叔是难得一见的英才,管仲再次在心中肯定了这一点,甚为感动。鲍叔有明辨人与事的眼光,而且那双眼睛不会被迂腐的知识蒙蔽。

郑国是一个富饶的国家,但是风纪已现疲敝。若说这就是文化高度发达国家的宿命,那便无话可说了,但可以预见的是,郑国的国力将走向衰微。一言以蔽之:

因为这个国家没有理想。

如今,华夏大地大半诸侯国看似仍然尊崇周王,实际上周王的威信已失,一切事情仰仗郑庄公。虢公虽然统率着西方各国势力,但声望比不过郑庄公,所以郑庄公是中原实力最强的霸主,而作为强国的郑国却已经自我满足了。

已经够强了,还有何所求呢?

这样的观点看似是抑制欲望,是一种优良品质,但是人如果既无所惧也无所欲,就必然会失去努力的方向。可以说,郑国的国运已经行至危险的边缘,郑国越来越缺乏进一步发展的力量。鲍叔看清了这一点,他知道自己不是一个安居于此的区区小才,他有着更远大的志向。

真可谓神童啊——管仲是这样看待鲍叔的。虽说是"童",但是十八岁的鲍叔,心理年龄已经达到成年人的水平了。

直到夏天,管仲都没有得到面见太子的机会。

"殿下为何迟迟不召见管仲,殿下应当试试他的学问。"

鲍叔心中疑惑,鼓起勇气直接问了太子。

在鲍叔看来,管仲胸有大志。虽然鲍叔并不清楚管仲心中的大志具体是什么,但他知道管仲心中的大志与自己的志向并不相同。他不会将陋习或恶行断然拒于身外,而是会审视它们的成因,并将其中的道理运用于行政或治安管理之中。他的身上有着这种奇思与变通。换言之,即使是再细微的小事,管仲都不会"弃之不顾"。

这样的思想源于对贫民和病人等世间弱者的关怀。这些人对国家的收入并无贡献，只是国家的负担，但是管仲也许并不是仅仅对他们抱有同情，而是想打造一个让这些人不受隔绝的社会。鲍叔能揣测到的就是这些，更多的便不清楚了，而管仲这个人的玄妙正在于此。所以，鲍叔断定：我比不上他。

也许郑国如今正是最鼎盛的时期，但是将要成为下一任国主的太子在言行中已然表现出了松懈的迹象。太子绝不是气量狭小、心智蒙昧之人，但是他自己感受到的那种虚无正是郑国国力亏空的前兆。其原因不在于君主的优劣，而是国体和国政结构中存在问题，导致国运衰败。管仲知道应该如何改善这个状况，而鲍叔不知道。所以，太子作为未来的郑国国君，应当放低姿态，拜管仲为师，现在就开始着手准备改革才是。太子的父亲郑庄公在位三十七年，已不复壮年。君主在位最长不过五十年，这在当时是一个常识。施行新政，需要一段蓄力期，突行变革，必遭失败。太子如果想永续郑国的繁荣，就应当向管仲请教："如今该当如何？"不需要急于得到答案，提出这个问题本身比什么都重要。但是，太子却岔开了话题：

"那个人是管叔鲜的后人吧。"

"非也，他是周穆王的后裔。"

"那是他自己说的吧。管叔鲜乃谋逆之人，他的子孙也不知悔改，周公旦没有办法，最终只好将他们舍弃了。姬姓一族都对管叔鲜的子孙颇为忌惮，我也不想见他。"

毋庸赘言，郑国公室也是姬姓一脉。所以即便太子让管仲做了臣子，也不会重用他的。这与个人感情无关，是一国的感情，就连普通百姓，一听到管氏的名字也忍不住皱眉。太子不可能无视这样的感情而提拔管仲，如果提拔了，太子会遭到大臣们的无端揣测，管仲也会被孤立，无法发挥自己的才干。郑国都城以北百余里处，有一个叫"管"的地方，那里就是管叔鲜的老家。

"原来管仲蒙受着这样的误解。"

鲍叔并非生于姬姓之国，他听到管氏的名字，并不会立马产生好恶分明的判断。况且，召公作为姬姓正统周王室的左膀右臂，不是也将管仲收入门下了吗？那么太子不愿意召见管仲是不是有什么其他的原因？鲍叔百思不得其解，于是询问贝佚：

"你怎么看？"

鲍叔甚至想过，若管仲能在郑国为官，那么自己也愿意留在太子身边。因他有过这样的想法，现在更是难掩脸上的失望。

"太子殿下会不会是以前与管仲先生有过接触……比如，在王都的时候曾偶遇过之类的？"

鲍叔用力地摇了摇头。

"他们绝对不曾见过面。太子殿下若能与管仲先生聊上几句,就一定会惊讶于这个人的见识。要么敬佩,要么不服,无论如何,太子殿下这般人物是断不可能看不出管仲先生的非凡之处的。郑人居然对近在眼前的至宝熟视无睹。"

贝佚思索了一阵,像是突然想到什么似的,说道:

"太子殿下怀疑管仲先生是细作!"

"细作——怎么会?"

"一定是这样。听闻郑公被周王罢免了卿士之位,郑国公室自然对周王心怀怨恨。如今,周王室与郑国公室之间的战事一触即发,甚至有传闻说秋天的时候会有战事,周王室那边肯定会派人来打探郑国的内情。"

"郑公被罢免了卿士之位……"

这对未来的中原局势而言是一件大事。郑庄公失去了总揽东方诸侯的大权,周王夺了郑侯的权柄,是想让统率西方诸侯的虢公成为统领中原的君主吗?

那恐怕很难实现。

这样想来,周王并非出于深思熟虑,只是单纯地厌弃郑庄公,才夺了他的卿士之位吧。今后,东方诸侯之间若有纠纷,就需要直接听命于周天子的裁决。但是,周王室并没有解决诸侯国之间问题和纷争的实力,而东方诸国失去了权力的核心,必然会出乱子。

"当今的周王并不贤明啊。"

"公子您声音太大了。"

"周王不贤，耳力却不错吗？这样的周王是不会让召公派细作潜入郑国的。"

无论如何，管仲是被误会了。鲍叔有心为管仲申辩，但上次觐见太子之后，太子便连鲍叔也不再召见。在夏天快要过去时，贝佚从祭县带回来一个消息：

"果真开战了。"

檽叔家在祭县，她的母亲和弟弟檽垣还在那里。檽垣今年十二岁。

檽叔的父亲曾是郑国的上士，他留下三个孩子，早早地离开了人世。据说檽叔的父亲为人清廉，他去世的时候没留下什么家产。即便如此，檽叔的姐姐出嫁时仍保有体面，檽叔和弟弟也不曾沦为下人。家计没有落得过分窘迫，都是因为父亲的友人祭县县令以私财帮助了他们。檽叔从母亲那里得知这个事实后，甚为感动，心中对县令十分尊敬。

真正的友谊，该当如此。

县令默默地资助了他们家十年。县令来看望他们时，檽叔站在母亲身后，对常年承蒙县令照拂一事十分愧疚，她双膝跪地，膝行至县令跟前，恳求道：

"请大人收我当个下人吧，我什么都可以做。"

县令没有答应，而是温和地看着她：

"叔姑娘也到了宜嫁的年纪，若说侍奉，还是侍奉你未来的公婆吧。等到叔姑娘嫁给士族为妻，令弟垣哥儿也长大成人、出仕为官，我也算不负令尊让我照料他妻儿的托付了。"

但是，时隔不久，县令一脸为难地来到他们家中，低头向糯叔恳求道：

"我有一个失礼的请求，还望原谅。"

原来，郑太子要在祭县留宿，县令因为找不到可以为太子侍寝的婢女而苦恼良久，求到了糯叔跟前。

"希望姑娘能明白，太子并非悖逆之人，但我也需尽心招待太子。我知道太子的喜好，能符合太子心意的，只有姑娘你了。但是，即便你服侍了太子过夜，今后也未必有机会嫁入官中，一生也可能就此毁了。我来求你，却不能劝你答应，我这是在做什么呀……"

县令自嘲地笑了。

"如果这样可以略报大人的资助之恩，小女愿意。"

糯叔没有犹豫。她不曾为自己的美貌感到过自豪，也不曾奢望嫁入豪族。只要是为了母亲和弟弟，哪怕去做下人也没有关系，遑论当媵婢服侍太子几日，这完全算不得什么痛苦的事。自己和弟弟没有沦落为仆，都是因为有县令的照拂。如果把县令对他们一家的救助看作理所当然，毫不体恤县令的为难之处，那就不配为人了。

太子到了祭县，糯叔便积极地到了太子身边服侍。

那是改变她命运的一夜。

事情突然发生了转变,用力抱起檽叔的人不是太子,而是东方之国一个大夫家的第三子,名为鲍叔。鲍叔为人诚恳,他见檽叔母亲的时候殷切恳挚地说:

"请让我来照顾她。"

檽叔的母亲被鲍叔高尚的人格打动了,对檽叔殷殷叮嘱道:

"那位公子是一个了不起的人。将来,莫说是士,他是要做大夫的。我没能好好教导你,这让我有些担忧。你父亲生前说过,判断一个人有没有教养,不在于其知识的多寡,而在于这个人能不能确立努力的目标。这位公子厌恶怠惰,用心专一,令人敬佩,将来必成大器。叔儿你从今日起必须努力自学,全心全意地侍奉这位公子。将来公子出仕,如果要从别国大夫之家迎娶正妻,你也不可以心生怨恨,对待正夫人也要真诚。只要你不停地努力,这位公子就不会抛弃你。"

檽叔认真地点头,答应了母亲的嘱托。谨遵母命,这也正是檽叔的动人之处。鲍叔看着近旁清秀端丽的檽叔,内心喜悦不已:"我在祭县拾得了一块瑰宝。"

鲍叔不是轻视约定的人,他命贝佚带了钱财送去祭县,而贝佚正是在从祭县回来的路上听到了传闻:

"据传,卫国将要奉周王之命出兵。"

繻葛之战

管仲面前坐着一个少年。

他是贝佚从祭县带来的檽叔的弟弟檽垣。檽叔平日里看着管仲的日常起居，内心断定：这个人绝非寻常人。

于是她求鲍叔，让自己的弟弟跟在这位先生身边学习。

"学习吗……所谓学习，终归是要自己学，而不是求别人教。以垣儿的年纪，恐怕还不明白这一点……先让他在管仲先生跟前服侍吧。不是弟子，是侍童。如果你同意，就把垣儿接过来吧。"鲍叔这样说道。

鲍叔将这件事交给了贝佚。檽垣也来郑都的话，祭县就只剩下他们母亲一个人，未免太过孤单。所以，鲍叔索性命贝佚向檽叔的母亲提议，一起来郑都。檽叔的母亲很信任鲍叔，对他的这份厚意表示了感谢，她说把家中收拾妥当了就去投奔鲍叔，让檽垣先行一步。檽叔得知此事后喜极而泣，诚心诚意地感谢鲍叔说：

"能遇上公子，是上天对我的庇佑。"

檽叔的言行中处处透着真诚，不仅如此，她的好还在于床笫之间那全身含笑的美。对于鲍叔而言，妖娆的妙龄女子让他年轻的血脉骚动，而佳偶檽叔能用她的甜美抚慰他。

女子，有檽叔一人足矣。

鲍叔并不沉迷美色。他觉得女子应当被男子保护在身后，而不应现身于人前。鲍叔无法理解郑太子为什么非要四处寻觅美女不可。

檽垣来到鲍叔家后，鲍叔没有马上带他去见管仲，而是先严肃地讲了一番：

"我现在也算是你的兄长了，要对你的未来负责。我知道你希望自己能有一番作为，所以我要告诉你，一个人做事超出或者低于自己的能力都是不幸的。充分发挥自己的能力去努力生活才是最好的，但这很难做到。"

"是。"

檽垣是一个美少年，有着一双明亮的眸子。

"如果你心中有所欲，不斩断利己之心就会迷失自己。如果你心中无所欲，不能博爱以进，过分固执于己，也会迷失自己。可见，人是很难认清自己的能力高低的。"

"是。"

"你将要跟随的这位管仲先生，有着令人炫目的非凡才学，可能也正因如此，他的外表才平常无奇。最重要的是，没有上进心的人即使跟在管仲先生身边，也不过是自讨苦吃。心若不正，很快会被他看穿，而那时，向管仲先生推荐你的我也会一同蒙羞。你自己也会感到挫折，怨恨管仲先生，今后也会厌恶自己。如果是这样，那还不如从一开始就不让你跟在管仲先生身边侍奉,这对你来说反而是好事。"

"是。"

"你的能力如何我现在还不能确定。我有一个愚笨的弟弟并不妨事,但我不能向管仲先生推荐一个愚笨的人。你是去是留,要让管仲先生自己决定。如果先生不收你,那你就留在我身边,直到出仕为止。"

"是。"

檽垣的声音始终澄澈。

管仲现在的生活很平静,鲍叔体贴得不想扰乱他的这份平静。一日,鲍叔在听完管仲授课之后,向他征询意见:

"内弟想来侍奉先生,要或不要,但凭先生决断。"

管仲听了,简短地说:

"要——"

鲍叔笑了。

"先生都还不曾见过内弟……"

"我在宅中见过,他相貌堂堂。也听到过他讲话,别人吩咐的事,他从不曾说过一个不字。他的声音直率明朗,毫无晦暗之感,可见他在思想和生活上都不曾遇到过挫折,只是恐怕难成大器。"

"内弟只有小才吗?"

"恐怕他的能力在阿僄之下,阿僄日后会成为公子身边的重臣。"

"内弟难成气候吗……"

那么管仲又为何要收下我这个不堪大用的弟弟呢?

"檽垣公子一直在自己骗自己。他作为檽家唯一的男丁,深知母亲和姐姐对自己寄予的厚望。于是他在心中构想出了一个符合她们期待的形象,并努力让自己贴合那个形象。长此以往,他心中的那个形象会与真实的自己渐渐背离,他会失望、会受挫,所以难有大成。"

"啊,原来如此。"

鲍叔作为家中第三子,是无法理解家中嗣子的辛苦的。不过,管仲也并不是长子。

"总之,檽垣公子对自己的期待过高。如果他能回到适合自己的位置上,反而能有长进。"

管仲的话中并没有轻慢。

"他,是在说谁呢?"鲍叔心中突然涌出了这样的想法。

"先生此言我很惊讶。之前我还对内弟说要有上进心,这肯定也成了他的负担了。我对他的能力高低把握不好,他待在我身边只会变得越来越浅薄、粗鄙。从今日起,内弟就拜托先生了。"

"鲍叔公子。"

鲍叔正要起身时,被管仲叫住了。

"啊,先生何事——"

"公子太注重看人了。这既是好处,也是坏处。"

"原来如此……那管仲先生您呢……"

"我与公子如同表里一般,但一点不同……罢了,这也不是什么值得自豪的事。"

管仲微微苦笑。

太注重看人,其反面不是不注重看人,而是注重人之外的事物吧。一瞬间,鲍叔有些不悦,因为管仲仿佛是在直指他眼界狭窄,可细想来,管仲的话中似乎又有着幽深的内涵。

如果一个人对其他人都没了兴趣,那他的人生也就失去了意义。因为对旁人不感兴趣的人,也不会关心自己。如果认为这样可以得到绝对的解放,那便只能遁世隐居,去追求极致的无拘无束。

鲍叔没有对世间和旁人感到绝望,只是对自己的人生有所要求。他认为深入了解更多的人,可以提高自己的人格与才德,由此品味人生的真谛。他甚至认为,先有人而后才有天和地。管仲并不认为鲍叔这样的想法不对,鲍叔自然也有他的道理。只不过,管仲的观点是先有天和地,而后有人。鲍叔相信人有着无限的可能,而管仲认为人有局限性。试想一下,当人遇到不可逾越的障碍,在思想上碰壁时,如果不想停滞不前,那么就需要改变方向和方法。但是,这样做可以跨越那不可逾越的障碍吗?所谓跨越,不是打破,而是飞跃,当然也不是逃避。思想上的飞跃不是量的问题,而是质的改变。也可以说,这就是创造。

鲍叔没有领会到创造的要义。

在华夏大地上，周王之下有诸侯，诸侯之下有士大夫，贵族之下有平民，鲍叔从不觉得这样的社会结构有什么问题。但是，能创新的人必须从一开始就抱有打破传统的决心。管仲将自己与鲍叔相比，说他们之间"有一点不同"，这点不同就在于是否曾经感到过绝望。极端一点来讲，其实管仲是在说："我曾想过去死，但是你没有，这就是我们的不同。"

管仲被迫看尽了人性的丑陋，所以他自然会把目光从人的身上移开。他不直视身边的人，而是将目光看向天地之间的众人。他没有选择隐居山野，而是像现在这样生活，其中的悲哀管仲无法向任何人诉说。如果这也是一种悲哀的话，那么管仲的悲哀何其之深。

这一天，檽垣开始在管仲身边侍奉。这个小小的侍童是管仲的第一个弟子，后来他成为管仲身边的得力助手。

管仲每天都会带着还有些拘谨的檽垣去郑都城外，让他接触大自然的草木，教他识别植物并记住名字，还教他吟诗。

这位先生比姐夫还要温柔。

但是少年也知道，温柔是冷漠的另一种表现，所以他没有马上放松紧绷的神经，而是用自己的方法慢慢地感受着管仲这个人。管仲不是一个阴晴不定的人，从不曾对少年怒目而视。

"在无人的荒野上吟诗，没有人听，甚是寂寞，但其实一草一木都在听着，你应当去感动这些草木。如果语言和声音中蕴含了力量，那么鸟儿也会飞过来的。"

管仲这样说着，自己躺在了草地上，望着天空中飘着的秋云。

澄澈的天空慢慢被战火带来的烟云浸染。

"郑伯不逊！"

周桓王怒喝，催促王师出兵。所谓不逊，是指郑庄公不再前来朝见了。但是，郑庄公无故被周王剥夺了卿士之位，周王还想要他敬畏自己，这未免也太过妄自尊大了。顺带一提，郑庄公的爵位是伯爵，所以又称为郑伯。

响应周王出兵的除了卫国，陈国和蔡国也相继出了兵，来到了大军的集结地。王师与卫军南下，陈军和蔡军北上，他们在郑国都城的南面会合，扎下军营。

郑庄公那边接二连三地接到急报。

周桓王的使臣也到了，他带着周王的口谕。蛮横地说：

"郑伯速至周王军前，好好地谢罪。"

使臣还说，如果郑伯知道害怕就赶紧去谢罪，向桓王悔过，并承诺今后必行朝觐，那么王师就可以退兵不攻打郑都。

郑国公室的勤王思想原本最为浓厚。在西周王朝衰微之时，是郑国始祖郑桓公（姬友）凭一己之力，在一众诸侯中扶持了没什么威望的周幽王，并与犬戎等外族浴血奋战而死。

郑庄公是郑桓公的孙子，辅佐王室之心与郑桓公一般无二，但周王却因为郑国繁荣以及郑庄公的武德昭彰而心怀嫉恨，最终罢免了郑庄公的卿士之位。

王室势微，皆尔之过！

这才是周桓王的心里话吧。如果一直将郑庄公放在卿士的位置上，恐怕以后天下人将要唯郑庄公马首是瞻。周桓王担心这成为事实，所以贬黜了郑庄公，而郑庄公马上便不再来朝觐见。

自祖辈父辈以来，我郑国公室对周王室是何等尽忠！

周王将这些功绩弃如敝屣，郑庄公不愿意一直臣服在这样的周王脚下。他想让周王清楚地认识到，是因为郑国的军事力量强大，周王室的威势才没有减弱。同时，他不想与周王兵戈相向。如果与王师开战，郑军便不再是勤王之师，会被视为逆贼。虽说如此，郑庄公见周王使臣傲慢无礼，便也挑衅地说：

"周王特地造访敝国，岂能只见个小小的军阵之门便了事，一定要看看我郑国的广阔天地才是。"

使臣无奈，再次强调：

"郑伯果然不逊。若向王师举戈，则不可再居诸侯之位。就算这样也没关系吗？"

使臣说到了郑庄公的痛处。他不愿意想象自己的爵位被剥夺、遭到放逐的情形，但此时，无论如何也不能向周王低头,只能带着郑国灭国的心理准备,与王师一战。

"悔过的话,还是请王上自己讲吧!"

郑庄公突然间满身邪佞之气,呵退了使臣,立刻召集众人商讨军事,诸位公子和大臣都出席了会议。郑国没有援军,郑庄公擅长作战,从一开始就没有考虑闭城不出的可能,他认为在郊外与敌军决战才是上策。

会议上,郑庄公先向众人说明了敌军的部署。

周桓王亲自率领中军。

左军将领是周公黑肩,陈军为其侧翼。

右军将领是虢公林父,卫军和蔡军在其麾下听命。

"众卿以为,当如何攻之?"

郑庄公问道。其实,郑庄公心中对周公是抱有好感的。以前郑庄公入朝觐见的时候,周公曾因为周桓王对郑庄公不够礼待而向周桓王谏言:

"我朝东迁之时,有赖晋郑二国。即使我们盛情厚意地请郑伯来朝,他也未必肯来,何况如今这般无礼。长此以往,我朝将失去郑国的支持。"

郑庄公知道这件事,所以他希望的是:不要伤及周公。

但是郑庄公如果一开始就把这种想法表现出来,恐怕会对稳步进军的战术有所影响,所以他没有多说什么。

最先发言的人是子元。

子元是郑庄公膝下的公子之一,名突。此人争强好胜,心性暴烈，但并非直情径行的莽夫，他胸中有韬略，在战场上的一进一退都表现出非凡的军事才能。七年前，外族北戎入侵郑国，郑庄公就是因为听取了子元的策略而大获全胜。那时子元的策略是让郑军先锋部队假装败走，诱敌追击，设伏兵袭击追过来的敌军先锋，把敌军拖得过长的队伍拦腰斩断。郑军按照他的计划部署，歼灭了北戎全军。

因为有这样的成功经验，所以郑庄公愿意尊重子元对交战的想法。

"攻击敌军中实力较弱的部分即可。"

子元说道。他所说的较弱的部分，是指敌军左翼的陈军。

"陈国内乱，国力衰微，军中将士无心战事。若我军直击陈军，陈军必定败走，王师见状，军心必乱。如此一来，蔡军和卫军来不及支援，必然退败。左右两军皆退，只剩中间的王师，我军集中火力攻之便可。"

子元这样断言道。

能这么顺利吗？

郑庄公并没有怀疑。去年年末，陈桓公（妫鲍）亡故，陈国因为继承人的问题爆发了内乱。公子他①杀了太子（妫免），于是年春即位，但陈国人大多不承认这位新君，纷纷

---

① 一般称公子佗。日语原文为公子他。

外逃。

公子他，即后来的陈厉公，响应周王派出了军队，但他没有亲自率兵，而是将一应事务都交给了大臣。追随大臣出兵的陈军将士有着后顾之忧，自然有些士气不振。

子元洞察到了这些，可谓眼光独到。如果陈军败走，周公便只得退兵。这样一来，郑军就可不伤及周公而取胜。

此乃万全之策——郑庄公觉得很满意，便不再寻求旁人的建议，向太子命令道：

"忽儿，领兵前去击溃陈军！"

子元顿时怒上心头。贡献计谋的明明是自己，可是突破陈军的重任却被交付给了旁人。不过，这也是没办法的事。此一战关乎郑国的生死存亡，郑庄公亲自坐镇中军，而右军与敌军的一战又决定着整场战事的局势，如果将右军的指挥权交给太子以外的人，众将士一定会心生疑窦。对于一支誓要死战到底的军队，只有主君和太子一起指挥才最为适合。郑庄公任命宰相祭仲为左军将领，军中分为左军和右军，右军为上。郑庄公还派了大夫原繁和高渠弥统领中军。

子元比太子年长，但作为郑庄公的子嗣，他的位次在太子之下，只能做太子的副将。

郑国的太子忽，人称"曼伯"。他的生母名叫"邓曼"，是小国邓国的公室之女，"曼"是她的姓。她是郑庄公的正室，曼伯是她的长子。通常，正室所出长子的名字用"伯"

字，而侧室所出长子的名字用"孟"字。子元的生母名叫"雍姞"，是宋国大夫雍氏之女。如果是雍姞先为郑庄公生下了子嗣，那子元的名字理应用"孟"字，可他的名字中取的不是"孟"而是"元"，所以我们不清楚子元究竟是郑庄公的第几个孩子。不过，"元"和"孟"都有最初的意思，所以把子元视为郑庄公的庶长子也未必有误。

"子元殿下对君主之位颇有觊觎之心，还请太子殿下多加提防。"

祭仲很早之前就这样劝过太子。当初去邓国将邓曼作为郑庄公的夫人迎接回来的，不是旁人，正是祭仲。

"子元吗……比起子元，我更讨厌高伯（指高渠弥）。此人心术不正，对执政之位很有野心，祭卿也要多小心些才是。"

太子也提醒着祭仲。

郑军择吉日出兵。

出兵后，每驻扎休息一次便占卜一次，以便挑选利于布阵的吉日。

"我也要随军出征。"

管仲起身说道，鲍叔赶忙制止。

"先生出征是坐不得兵车的，只能作为步兵随军。"

"没关系，只希望太子收我做佣兵。"

管仲的生活费都由太子负担，还要让太子雇他为兵，这个要求未免太厚脸皮了，但是鲍叔没有说什么，去找了太子商量。

"这个人很会盘算呢。"

太子有些不悦，但还是说："好啊，我雇他。"待鲍叔退下之后，太子叫来近侍，吩咐道：

"我帐下会进来一个叫管仲的步兵。这个人恐怕是细作，必定会向敌军报信。如果管仲与敌军私会或者打算偷偷前往敌阵的话，就杀了他。"

秋意渐浓，在秋风更添了一层凉意的时候，郑军出发了。

王师不断向郑国都城进发，行至繻葛地界后停了下来。周王室联军不再向前行军，是因为在城外决战可以短时间内决出胜负，而攻打郑国都城的话，时间一长，王师的军费开支会给财政带来压力，所以还是尽快决出胜负为好。

周桓王得知郑军已经出城的消息后，对众将微微一笑，面带倨傲，高声说道：

"郑伯盲目自大，自掘坟墓。妄图以一国之军战胜四国联军，真是痴心妄想！"

周桓王所说的四国联军，准确地说其实是五国联军。只不过虢公代周王行使军权，如果把虢国军队视作王师的话，便是四国联军。

郑都距缟葛约四十里，郑军早上出发，行军至傍晚，已经可以远远望见王师所在的位置。王师得知郑军南下后，再次向前推进，确认了郑军的位置，然后一边布阵一边向前行军，缩短了双方的距离。

决战，就在明天早上。

两军将士都处于紧张的气氛中。

管仲吃罢晚饭，正在与鲍叔叙话，突然被上官叫去做斥候。斥候只有两人，与管仲同行的另一名士兵比管仲身形略矮，看上去很是机敏。

"王师夜间应该不会有什么动作，但极有可能于黎明时分发起突袭。如果王师阵中有异动或是什么怪异之举，速来回报。"

上官严肃地吩咐道。

"要监视王师的动静直到天亮吗？"

月色皎洁，暗夜如昼，这让出了郑军军阵大门的管仲颇为惊讶。月光下的草木格外青白，即使没有火把，脚下的路也能看得一清二楚。二人向前走着，管仲对与他同行的那个人说：

"周王真的是愚蠢啊。秋收之际，大兴兵事，苦了百姓。苦百姓者，不可为天下王。你不这样觉得吗？"

这话让与管仲同行的那个士兵听得瞠目，他没有回话，默默地走着。这个人名叫巢画，祖上好像并不是郑国人。郑国本是周宣王在西方所建的国家，建国那年是宣王十二年（公元前816年），所以郑国是一个只有一百零一年历史的新兴国家，在郑庄公之前的也只有初代国君郑桓公、第二代国君郑武公两人。这样想来，从祖辈便是郑国人的人其实并不多。

管仲不是郑国人，他对这一带的地形并不熟悉。他们在一片乔木林中迷了路，焦急了好一阵，好不容易借助月亮和星星的方位确认了方向，找到一个可以俯瞰王师的高地。他们看到，灌木林的对面是一片黑压压的土山。

"我们登上那边的土山，就在那里待到天亮吧。"

管仲说罢，巢画连头也不点就默默地出发了。

他们试着靠近那个土山，发现北侧耸立着裸露的岩石，难以攀缘，于是他们在土山脚下寻找可以爬上去的缓坡。

突然，巢画停下了脚步。管仲回过头看他，巢画第一次开了口：

"敌人很近，危险。"

"我知道，但是从这里没办法监视敌军的情况，必须爬上去。"

管仲一边走一边打量着土山，又抬头看了看月亮的方位，接近正圆的月亮高悬中天。因为找不到爬上土山的路，管仲不断用矛拨开灌木的树枝，好不容易在土山的中腹找到一处视野开阔的地方。从那里再往上的山坡坡度转急，肯定爬不上去了。

"在这里就可以了。"

管仲说着,背靠向岩石一角,向下俯瞰周王联军的军阵。微风袭来,一片寂静。下方低地处似乎没有风,王师的军旗纹丝不动,寂静得让人害怕。这份肃穆是为了迎接明天一早的决战吗?人在发怒前要先沉默,发怒之后再次沉默。人真的是一种不可思议的存在。

要说不可思议,巢画同样令管仲觉得不可思议。他大概比管仲年长四五岁,一直跟在管仲身后,绝不走到前面去。他极其寡言,但管仲认为他并非原本就话少,也不是为人愚鲁,应该是故意不讲话的吧。当然,作为斥候平时应当小心谨慎,关键时刻要行动果敢,爱热闹、多话的士兵不适合做斥候。

巢画此时应该是躲在岩石的后面,管仲看不到他的踪影。

之前有过一阵摩擦声,但似乎并无异状,那个声音也很快不见了。

管仲监视着王师的动向,渐渐生出了些许困意,因为一直感知不到什么异状,他的感官开始进入休息状态。

不知过了多久,当管仲再次睁开眼睛时,月亮的方位已经大变。

什么声音?

不是风声,像是有什么爬上来了。

"快跑!"

管仲小声叫道。巢画似乎也觉察到了危险,已经行动了起来。

这个人的直觉不差。

或许应该说,这个人的直觉很灵敏,不过管仲此时没有闲心佩服巢画,他猜测是有敌兵从土山下面上来了。管仲开始跑。敌兵的数量恐怕不止一两个,说不定他们已经被包围了。他清楚地认识到自己正面临死亡,这一事实让他全身的寒毛都倒竖了起来。

"我不想死在这里。"

在这个念头出现的瞬间,管仲突然笑了。去年,作为王师的一名士兵随军进攻魏国都城的时候,他也曾有过同样的想法。他想,也许自己今后会一直这样,在战场上畏惧死亡,不建一功,徒然老去。

突然,他眼前的视野亮了起来。他与巢画已经穿过了灌木林,眼前被月光照亮。

二人踩着青白的杂草,站住了。

前方忽然出现了四五个身影。这些人不是郑军士兵,显然是敌人。管仲被眼前的杀气一震,但是没有退缩。这不是他第一次上战场了,他已经拿惯了长矛,心中有数,也有了洞察战局的眼力,或者说,他眼中已经看得清敌人了。他用双眼冷静地观察着靠过来的几个敌人,他们并不都是强兵。如果能躲开强者,打倒弱者,便可杀出一条生路。

管仲体格健壮,与敌人拼长矛还没有输过。

敌兵共五人,其中三人站在管仲眼前,其余二人左右分开,正在慢慢向两边移动。管仲和巢画与敌兵相对无言地站在原地。巢画站在管仲左边,他手持长矛,看起来并不紧张。这个人果然颇有胆识,估计经常往来于战场之上,这些战场经验让他此时可以保持身心放松。管仲判断,站在对面中间位置的那个人最强。

只能从右边突破了——管仲的直觉这样告诉他,但不知对方是不是看穿了他的想法,正对面三人的气场发生了变化。

"是管仲吗……"

位于正中的那个男子出声问道。一瞬间,双方之间涌动的杀气消失了。管仲上前一步,眯起眼仔细地辨认着这个背向月光而立的男子。

"是召忽吗?"

"果然是你。听闻你去了郑国,不想能在这里遇见。相信你也清楚,郑军是叛军,你若跟随郑军,必会留下污点。现在还不晚,快归顺王师吧。"

管仲苦笑。

"罢了,周王所谓正义不过是妄言。"

"喂,周王本身就是正义啊。"

"你我在这里争辩也没有意义。在下也有一个忠告,明早若开战,王师必败——"

"你是认真的吗?王师的兵力是郑军的三倍,怎么可能输?"

"必输无疑。你是在周公麾下当差吧,到时如果战势不妙,你跟着周公军旗的方向走,千万不要找周王的牙旗。"

召忽听了这话,笑得肩膀直抖。

"抱歉,失礼了。管仲啊,你当真觉得郑军会胜吗?不要逞强了。留在必败之军没有好处,快归顺王师,随我回洛阳吧。"

话音未落,召忽神色突然一变,而他的长矛在电光石火之间向管仲的腹部刺来。管仲向右一侧身,倒在了地上。召忽的长矛只是轻轻蹭到了管仲,他刺向的是站在管仲侧后方的巢画。巢画"噢"地叫了一声,发出像是呕吐的声音,而他断掉的右手里正握着一把匕首。

生命闪烁

管仲站起身,他意识到了事态的复杂。

巢画被召忽的长矛刺倒在地,但没有丧命,他痛苦地盯着管仲,声音嘶哑地说:

"无耻的细作……"

"细作……我吗?"

管仲的脑子里一片混乱。究竟为什么自己会被当作细作?

在管仲思绪凌乱之时,召忽想要结果了巢画,但他突然抬起头。

"管仲啊,这家伙是要杀你。虽然不知道原因,不过你还是随我离开为好。"

说着,召忽突然跑开了。刚刚还围在管仲和巢画旁边的那几名士兵也迅速撤离了。

"原来如此,是这么回事啊。"管仲心想。

待管仲回过头来,已经看不到士兵的影子了。不知何时,十人左右的士兵和一辆兵车正朝这边过来。月亮西沉,已经照不到地上的草木,马上就是拂晓了。举着火把正向他们靠过来的好像是郑国的军队。

"我应该逃吗?"

一瞬间,管仲迷茫了。如果他不顾召忽的劝说而回到郑军,一定会被误解,但是如果他逃了,更会被误解。

管仲脚下没有动。他没有望向逃走的召忽,而是双膝跪地,探视巢画的伤势。不是致命伤,但身上的痛苦令巢画表情扭曲,他紧紧地闭着眼。

"你不会死,挺住。"

管仲鼓励着巢画,开始为他包扎伤口止血。就在这时,郑军到了。管仲抬起头,抢在车上的大夫开口问话之前,先开口请求道:

"我们遭遇了敌军的斥候,他受了重伤,需要回军营包扎,可否让我们上兵车?"

大夫没有怀疑他的话。

巢画被抬回了营中。管仲自己处理了伤口,然后去向上官汇报。

"你们和王师的斥候交过手了?"

上官突然开口问道。

"情势所迫,只得如此。王师军阵之中并无异状。"

管仲答道。上官听了,一撇嘴。

"巢画果真是同敌兵交战负伤的吗?若有虚言,绝不饶恕。"

"绝无虚言。等巢画意识恢复后,大人可亲自审问。"

无论巢画说什么，管仲都有自信可以申辩明白，扫清误解。

"自然要审。我现在想要确认的是，你是否曾与巢画分开行动过。"

"不曾。"

"一刻也不曾吗？"

"我们一直在一起。"

"若有半句虚言，就割了你的舌头！"

上官恫吓一般用锐利的眼神盯着管仲。他见管仲毫无惧色，便说：

"罢了，你退下去用早饭吧，马上就要开战了。"

上官结束了审问。

管仲回到鲍叔那里，自然是一脸不悦。鲍叔马上询问：

"发生什么事了？"

因为必须快些吃完早饭，所以管仲只说了句"详情后叙"，暗示鲍叔此事不方便在公开场合讲。

"为什么我会被怀疑？"

即便是管仲这样的头脑，也想不明白。他不过是偶遇了学友召忽而已啊？哦，对了，周王与郑庄公敌对，眼下双方就要交战，两军大夫之中有些人可能祖辈有旧交，也许其中有人正在交换双方的情报。这些人没有被责问，而区区一介步兵的自己却遭到了怀疑，实在是令人不解。

"难道是我长得像细作吗？"

管仲不曾对着镜子仔细地端详过自己。人的脸会反映出自己的精神状况，长相会随着精神的盛衰而变化。如果旁人看到管仲的脸觉得奇怪，管仲的精神状态可能真的有什么异样。想到管仲日后那史无前例的丰功伟业，他也许真算得上历史上的"怪人"，但是这种奇怪绝不等同于可疑。总之，不管别人如何看待他，管仲都不愿藐视自己，他可以对上天发誓自己绝无可疑之处。

天色渐亮。

管仲和鲍叔都在太子曼伯所率领的右军中。

郑军摆出的阵型在《春秋左传》中被称为"鱼丽之陈（阵）"。"鱼"的意思自不用说，可"丽"指的是什么呢？据说，"丽"的原意是鹿的双角。与密集布兵的"鱼鳞之阵"不同，"鱼丽之阵"中的先锋部队如鹿的尖角一样向前突出，行军时又如鱼群般纵贯而行。《春秋左传》中还明确地记载了此阵中兵车与步兵的排列方式：

先偏后伍，伍承弥缝。

"偏"是指兵车部队。通常，步兵的编制是五人为一伍，二十五人为一两，百人为一卒。一辆兵车上有三人，位于兵车右前方的是右两（二十五人之兵）、左前方的是前两、右后方的是后两、左后方的是左两。也就是说，一卒（百人之兵）护一辆兵车，以这样的阵型向前推进。而且，郑军还在前方安排了可以发起速攻的兵力，采取了以步兵补兵车的战术。不得不说，这个阵型很有想法。无论是几年前与北戎的交战，还是如今的繻葛之战，郑国都没有固守传统战术，而是不断地锐意革新。可以说，军事战术在郑国得到了长足的发展。

反观王师的布阵，毫无新意，仍延用古旧的方式。

日后，管仲凭借用兵巧妙赢得了天下，他在这次开战之前就预感到：郑军必胜。

不过，不是说身在胜利之军就没有战死的危险。他该如何作战才能平安取胜呢？

郑军左右两翼的将领接到命令：

"旌旗一动，马上击鼓！"

旌旗是大将之旗，是一面负责指挥全军的红色旗帜。这就意味着，坐镇中军的郑庄公也会亲临阵前，参与战斗。大将之旗一动，左右两军便会击鼓，进行突击。

"如果向前突进的兵车速度慢了，大军就会被周公的军队从中截断。不是吗？"

鲍叔显示出了他独到的军事眼光。

"是的。步兵的速度也必须要快，兵车与步兵之间一旦出现空隙，必然会遭到袭击，届时我军会被歼灭。"

如果军中都是精兵，那自然有可以应对任何战略战术的体力，不过管仲并不清楚郑国右军兵士的素质如何。郑国没有常备军，士兵全都是普通百姓。因为诸侯军的士兵基本上都是平民百姓，平时或务农或经商，只有王师的士兵是职业军人，平时由王室出资训练。若说精兵，那只有周王室旗下的才是精兵。所以，现状是郑军带领着不敌王师兵力的士兵，却想要发挥出与对方同等或高于对方的实力。在这个宗教传统已经变得淡薄的时代，要达到这个目的，就需要一种称得上是奇术的战法。

"果然，先生与我的看法相同。"

鲍叔的反应也很快。管仲接着说：

"行军打仗，速度比实力强弱更重要。虽然不能说在速度上占上风就必然能够取胜，但胜面一定更大。"

此时的管仲一定想不到，现在在他眼前的这个忠实听众，日后会与他在速度上一较高下。

鲍叔点了点头，没有再开口。军中异常安静，马上就要击鼓了。通常，第一通鼓一响，步兵便要开始步行向敌军方向进发，但这次他们需要在鼓响时就开始跑，跑得气喘吁吁再去与敌人交战是很危险的。不过，郑国这次采取的战术已然超越了常识和习惯，所以可以预见的危险也未必就会为郑军带来失利。

管仲认为，这种战术与其说是攻击敌军虚弱之处，不如说是用奇思妙想和出其不意的行动让对方露出破绽。

兵书中最为知名的非"七书"莫属。其中,《孙子》和《吴子》备受推崇,但其实记录管仲言行的《管子》一书中,也有关于兵法的篇章。当然,《管子》是由研究管仲的学者们编纂而成,不是春秋时期的书。这本书的正文中有这样一句:

善者之为兵也,使敌若据虚,若搏景。

意思是,善于用兵的人不会让敌方摸清自己的实处,不会让己方把真实的状态暴露出来,而是让对手感觉像在打一个影子。

将一个意象看作虚相还是看作实相,这与感官之眼有关,也与观念之眼有关。硬要说的话,我们需要一双不停留于任何一处的眼睛,这是一双不断往来于感官和观念之间的眼睛。

其中的玄妙是后世儒家所没有的,所以儒家将兵法排除在教学科目之外。于实在之中观不在,或者反之,于不在之中观实在,道家给这个悖论赋予了合理的解释。可以说,实际上正是最倡导反战思想的道家学者们深化了兵法的思想。比如,《孙子》一书可谓世界公认的最了不起的兵书,其中的《虚实篇》更是被看作至高无上的兵法。其实,这一篇与《管子》的兵法有着相通之处。也可以说,名将都必然拥有与道家性质相同的思想，管仲也不例外。只不过，管仲比道家始祖老子还要早出生了许多年。

中军的旌旗动了。

右军将领太子曼伯见了，马上开始击鼓，左军将领祭仲也几乎同时开始击鼓进兵，郑军的左右两角开始向前伸进。由于前进的速度很快，中军一旦稍有松懈，这两角便会成为"虚"之所在。换言之，郑军的左右两军避开敌军的正面攻击，向前推进形成包抄之势，中军则要面临来自敌军两翼的猛攻，独自支撑一阵。

管仲与鲍叔开始跑动，一旦跟丢己方兵车的军旗便会陷入绝境。他们的左手边不断有箭矢飞过，时不时能听到箭镞砸在盾牌上的声音。如果现在可以俯瞰郑军两翼，应该能看到一个巨大的鹿角吧，而且这个鹿角的尖端是红色的，因为郑国兵车上都覆盖着染得鲜红的皮革，兵车上将士们的铠甲也是红色的。总之，郑国很快呈现了鹿角一般的阵型，王师将士觉察到郑军的阵型有异，心中疑惑：他们要做什么？

王师被左右两边牵扯了注意力，忘了应当全力进攻正面的敌人，此谓之"虚"也。如果在见到郑军摆出的阵型时就能识破郑军企图，王师本可以集合三军之力全速前进，一举击溃郑军中路。事实上，他们的兵力完全有可能做到这一点，所以其实他们的胜机在战争刚开始的那一刻就出现了。然而，王师没能随机应变调整阵型，作为三军之帅的周桓王没能识破郑军的意图，一味留守阵中，等待时机。总之，王师缺少统一的作战意识，作战的展开全赖左右两军的将领，所谓传统的作战方法正是如此。与之相对，郑军不断向前推进，他们以中军为头和躯干，以左右两军为手足，其中的右手右足自然是由右军充当。

太子曼伯率领兵车突袭，攻入了毫无准备的陈军。陈军不过是一群散兵游勇，并非主力，战斗刚刚打响，他们还没能马上进入作战状态。当双方的先头部队发起正面冲突，长矛相接之时，郑国的兵车部队迂回了一大圈之后，突袭了过来。

陈军的兵力与郑国右军的兵力相差不大，如果陈军能够坚持抵挡一阵，周公就来得及带兵从郑国右军的后方包抄过来。但是，想要在实战中冷静地做出切合实际的判断，不仅需要将领胆识过人，还需要兵士们也具有非凡的胆识，这绝非一朝一夕之间可以做到的，而是需要长期严格的训练。当时中原诸国的兵力中，陈军算得上是强兵，但是陈国这次出兵前没有足够的时间来治兵操练，这导致他们气力不济。这场战事本来就是周王与郑庄公之间的斗争，与陈国并没有关系。陈国将领抱有这样的想法，自然希望在战场上尽量避免本国将士死伤，想等王师占据优势后再采取行动。可是战争刚一打响，陈军就被郑国右军盯上，遭受了攻击，他们的计划被打乱了。

陈军瞬间被郑国的兵车冲得七零八落，而陈国的兵车被兵士环抱，正在原地待命，没能迅速前来接应。

鲍叔与管仲向着越来越混乱的陈军突进。鲍叔在战场上的表现可谓出色，斗志昂扬，不断向敌军杀去；而跟在鲍叔身后的管仲既不想杀敌，也不想被杀，所以他在战斗中毫不起眼。

很快，陈军溃败。

胜了！

管仲躲避着四散而逃的陈国兵士，这一幕恰巧被兵车上的太子看到了。看见自己军中的士兵竟然表现出了后退的姿态，太子震怒，斥道：

"这样也配当我郑国士兵吗？"

太子不认得管仲，但管仲看了兵车上立着的军旗，意识到斥责自己的将领正是太子。一瞬间，管仲心中冷了下来。

"我要离开郑都。"

他在这一刻下定了决心，因为他感到自己与郑国脾性不合。

卫军和蔡军得知陈军被郑国右军击溃后，军心开始动摇。

卫蔡两军虽然正在承受来自祭仲率领的郑国左军的猛攻，但他们在兵力上有优势，所以没有马上显出颓势，而且在奋力抵抗之下，甚至已经让局势出现了扭转。但是，两国士兵目睹了陈军的败走，军心动摇，如果此时王师的中坚力量能及时增补上来，两国的军心尚可稳住。战场上的胜败时刻变化着，有时刚认为自己稳操胜券，马上又会被推向战败的深渊。胜败在于战略，也在于战术。在战略上，周王集结了诸侯国军，使郑国处于孤立，并顺利地将郑军引到了旷野上。可以说，周王联军在战略上是占了上风的，但是拙劣的战术让他们失去了战略上的优势。优秀的战术应当包括具有前瞻性的观察力和迅速的执行力，而周桓王完全没有战术头脑，他坚信只要让周公和虢公负责指挥，战胜郑国就如同探囊取物。所以，王师只是在为尽量挽留渐渐远离他们的胜利，做着最后的挣扎。

王师的中坚力量没有动，这使得卫蔡两军的左侧出现了空当。如果此时周公的军队能及时补上去，他们也还有胜算。但是，周公的军队竟也开始节节败退了。卫蔡两军抵挡不住，开始败走。尽管周王联军右军指挥官虢公林父骁勇善战，可眼见败局已定，他也只能放弃了抵抗。

周王麾下的士兵一直在旁观，所以这场战争其实从一开始就是虢军与郑军之间的较量，诸侯联军中也只有虢军表现出了斗志。如果虢军能占据上风，他们兵力上的巨大优势就会变得十分有利。事已至此，兵力的多寡已经没有实际的战术意义了。虢军虽然仍在向郑军中路进攻，但是他们的先头部队已露疲态，完全没有进攻的气势，甚至开始后撤了。

郑军这样强吗？

目前的战况是，西方诸国中最强的虢军正在被郑军压制，而蔡军与卫军已然溃败。虢公在战场上并非不知进退的人，他清楚地意识到：硬要留在战场上，就只有死路一条。

于是虢公放弃了对周王的护卫，下令撤退。作为周王的卿士，虢公本应在保证周桓王没有危险的前提下再指挥兵士撤退，可是他没有这么做。这让桓王心生怨恨。此一役的五年之后，虢公被指曾中伤周国大夫，王师出兵攻打虢国，虢公被迫逃往虞国，而如今正是日后祸事的根源所在。

周王联军的左右两翼皆已溃败，即便如此，桓王所领的部队仍停留在战场上。与其说这支队伍有勇气，不如说他们反应迟钝。桓王看到左右两军败退，瞪圆了眼睛怒斥：

"何故后退？传令周公虢公，速回战场！"

桓王无视战局的形势，命军吏前去传达军令。与此同时，郑军已经收拢了两翼，调整成集中火力实施总攻的阵型。周桓王立于穷地却仍以为还有胜算，昂首挺胸地站在兵车上，命令麾下的将士进攻。如果桓王这么有斗志，就该早些动兵进攻才是。

周王所率中军将士作为傲视天下的精兵，听到了进攻的命令本应雷鸣般地呐喊着向郑国的军队发起猛攻，然后轻而易举地击穿对方的防线。但是，眼前的事实让桓王不禁有些怀疑自己的眼睛，周军将士几乎是不战而走。这不难理解，战场上孤立无援的士兵们知道自己无路可退，都只想着怎样才能保住自己一条命。一众兵士都在等待逃命的时机，而桓王进攻的命令就是那个时机。

周桓王怒吼着，他想要否认自己的惨败。他一边怒斥败走的步兵，一边被混乱的人群冲得颠来倒去。就算兵车的车夫技术再厉害，也难免与乱流中的兵车相撞，进退两难。就在此时，两三辆郑国的兵车杀了过来。

"那不是周王吗？"

郑国大夫祝耽发现了周王的位置，他无暇顾及四处逃窜的敌兵，举箭瞄准桓王便射。箭射中了桓王的左肩，桓王身子一晃，没有从兵车上跌落，而是躲避着快速赶来的追兵，逃了出去。

"活捉周王！"

数辆郑国的兵车在后猛追，不过最终还是让桓王的兵车逃脱了。祝耽没有放弃，他向郑庄公进言，桓王负伤了必然逃不快，只要继续追击，定能擒住桓王。如果当时庄公听取祝耽的建议，果断展开猛烈追击，王师也许就真的全军覆没了，桓王也会成为俘虏。然而，庄公在战场上是一个懂得礼数的人。

君子不欲多上人。

庄公宽慰祝耽说，君子（拥有高尚品格的人）不应任意凌驾于他人之上。

"何况是要凌驾于天子之上。我郑国既然已经成功自救，社稷无虞，这就足够了。"

庄公的话也是对自己的告诫，他下令停止追击，没有进一步扩大胜果。这天夜里，庄公还派了祭仲前去探视周王，询问周王身边的众人是否安好。思及之前庄公与周王之间的种种纠葛，庄公能做到这样慰问周王是值得称赞的。总之，庄公很快调整好了情绪。可见，郑庄公是一个非常理智的人。

春秋时期也被称为霸主的时代，代替威势渐衰的周王总领列位诸侯的君主，需要得到周王的认可，才能正式拥有霸权。从历史上来看，虽然没有周王正式的认可，但在这一时期出现的第一位霸主应该就是郑庄公。

无论如何，繻葛之战以郑军大获全胜告终。胜方的郑庄公虽然与周王兵戈相向，却没有遭受非难，相反，庄公声名鹊起；而此战中最先击溃陈军的太子曼伯，更是以骁勇善战而名动天下。

这是一个赞美实力的时代，其证据之一就是周桓王战败后虽然嫉恨郑庄公，但没有剥夺他的爵位。因为桓王担心如果不承认郑庄公的爵位，其他诸侯也会陆续反叛。事实上，此战中前来相助周王的只有虢、卫、陈、蔡四国，这对桓王来说是一个非常严峻的现实。当年周武王举兵讨伐商纣王的时候，应声前来的诸侯多达八百。三百多年后的今天，虽说诸侯国的数量已不足八百,但是响应桓王举兵的只有区区四国,也实在是令人心惊,桓王着实吓了一跳。

东方各诸侯国对这一战冷眼旁观,各自在心里琢磨:可以倚仗的强者唯有郑公。

诸侯意识到,如果自己的国家遭到强悍的狄戎等外族来袭,向周王求助恐怕也无济于事。这个想法也为郑庄公日后作为盟主受到诸国敬仰,并在郑国建立最初的中央机构打下了基础。

是夜,当郑军还沉浸在战胜了周王联军的喜悦中时,管仲突然被军吏抓走了。

"有人举报,你是周王派来的细作。"

军吏说罢,将管仲带走了。鲍叔大吃一惊,匆忙赶到太子曼伯处,请求释放管仲。鲍叔在战场上拼命奋战,杀了很多敌兵,他说如果能以此论功,情愿以自己的功抵管仲的过,保释管仲。

"我想想。"

太子只说了这一句,没有马上应允。

"这是怎么回事?"回到郑国都城后,鲍叔坐立不安。白纱听说了此事,柳眉一挑,愤然道:

"管仲先生是遭人陷害了。"

事实确实如白纱所言。但是,陷害管仲的人又能得到什么好处呢？

如果能公平审理此案，一定可以查清管仲先生不是细作——鲍叔虽然这样想，但是他心中的不安一刻也不曾停息。太子冷淡的态度让人不得不担心。

阿僄一直感恩于管仲，他不等鲍叔吩咐，就去向太子的圉人打探消息，可惜一无所获。

鲍叔家中一片阴沉寂静。

跟在管仲身边服侍的檽垣每天站在门口，盼着既是主人又是恩师的管仲回来。他的姐姐檽叔远远地望着弟弟小小的身影，眼中涌出泪来。鲍叔在檽叔身旁幽幽地说道：

"这么说虽然不大吉利，但是管仲先生说不定已经被处刑了。"

为了警示民众，闹市中时常有敌国的细作被处刑。如果有这样的传闻，鲍叔他们不可能得不到消息，所以管仲应该还没有被处以极刑。不知何故，太子似乎对管仲非常厌恶，所以也可能是下密令处决了他。鲍叔他们还没有接到堂审的通知，一切都难以下结论。

檽叔满面愁容地问鲍叔：

"如果管仲先生再也回不来了，主人作何打算？"

管仲不幸身陷囹圄一事让鲍叔全家深受震动，鲍叔甚至表现出了不想继续留在郑都的情绪。鲍叔是檽叔全部身心的依靠，对她来说，鲍叔做出的改变就是她的改变。

"我的事容后再说，管仲先生的事需要通知他的家人，先生家中似乎还有母亲和弟弟。他的老家在颍上，所以我要先去颍上，再回齐国……"

"那个……"

糯叔的眉宇间浮上一抹不安。

"无须担心。我会带上你和你的母亲一起走。我有幸遇到管仲先生，跟随先生所学远胜于留在王都求学所得，学识方面我有自信不输给那些王都的弟子。"

鲍叔和糯叔二人站着简短地交谈了几句。

鲍叔如果是从郑都而不是从王都回齐国的话，父亲肯定会斥责他没在召公那里完成学业。但是，鲍叔有自信。他游历诸国增长了见闻，在郑国自学时又涉猎了各种文献，后来还把管仲请了过来，加深了自己的学识。今后即使是参加论战，只要对方不是管仲，鲍叔都没什么可怕的。所以，鲍叔相信自己就此回到齐国也不会让父亲失望。他唯一担心的是未经父亲许可就娶妻一事，不过这也只需要郑国太子一句话，便没有大碍。

鲍叔盯着糯叔的眼睛，想了这许多。突然，糯叔低低地叫一声，跑了出去。

"出什么事了？"

鲍叔的目光追着糯叔，只见一个男子扛着长矛走了过来。

"管仲先生——"

不错,来人正是管仲,他被释放了。橘垣抓着管仲的手臂雀跃不已。

管仲脸上伤痕不多,但明显地消瘦了许多。

肯定是被拷问了。鲍叔的胸口有些闷痛。

"鲍叔……是你把我从牢里救出来的吧?"

管仲低头致谢,他蓬乱的头发随风飘摇。

"我——不,救出先生的不是我,也不是旁人,是上天。"

鲍叔说着,接过了管仲的长矛,但是他想不出管仲被释放的原因。

原来,举报管仲的是重伤于召忽长矛之下的巢画,直到伤愈为止,巢画都不能升堂听审。在此期间,狱中的牢头强行要求管仲自首。结果,举报人巢画却从病榻上消失了。派管仲和巢画前去做斥候的上官接到这个消息后,咋舌道:

"糟了,巢画才是细作。"

上官命令手下搜捕巢画,可最终也没能把巢画捉回来。这位上官是有意让两个可疑的人做斥候前去打探对方军情的。据他的判断,巢画是细作,但意外的是,巢画竟然被敌军所伤。据其他斥候回报,管仲与巢画二人登上的土山上曾有类似信号的可疑火光闪烁。发出火光信号的自然是巢画,但不知是哪里出了差错,召忽并不知道巢画是周王那边派出来的人，因而误伤了他。这扰乱了上官的判断，使他把注意力从巢画身上移开了。巢画免于被捕，不等伤势痊愈就逃走了。据说他逃到黄河以北，给郑国的上官寄来书信，证明了管仲的清白。

是管仲救了我的命——也许巢画这么做是出于这个理由吧。

管仲被释放前后的经过大致如此。其中的曲折，管仲自然不知，就连鲍叔也无从查知。不过对于鲍叔来说，只要管仲能平安回来就足够了。

管仲身体极其虚弱，他回到自己的房间，躺到床上，对着立于床头的鲍叔问了一句让人意想不到的话：

"我们一起行贾，如何？"

"贾"是指货物买卖，也就是经商的意思。

商贾之道

"他对自己和这个时代都感到失望了吧。"

鲍叔心中这样想着,神色忧伤地守在管仲身边,看着他闭上眼睛进入了梦乡。就在刚刚,管仲问他:

"我们一起行贾,如何?"

这种语气是管仲之前不曾有过的。这语气让鲍叔觉得管仲没有居高临下地将自己视为弟子,而是站在平等的位置上,向朋友发出邀请。究竟是什么事让管仲有此一问?也许是一直苛待管仲的时运和际遇,也许是与管仲格格不入的旧秩序,抑或是个人无法逾越的既有制度。据鲍叔所见,管仲并不是一个刚愎自用或清高狷介的人,他并非不知通融或者不能接受与自己不同的事物。相反,管仲一直在妥协。可他的努力和顺从却不被这个时代接受,他一直在被漠视。一言以蔽之,管仲时运不济。在这个由王侯贵族支配的世界中,他时运不济。所以,他想离开这里,去往别的世界。

所谓别的世界就是"贾市"。那是一个商人的世界,是一个不一样的契约世界,而在贾市中取得成功,就是管仲对无情对待他的人、事、物的报复吧。鲍叔默默地从管仲的房间退出来,看到糯叔满脸询问,便眸中含笑地对她说:

"管仲先生数日便可恢复。只是接下来……要去做商人了。"

檽叔讶异地微张着嘴,瞪大了眼睛,似乎是一下子充满了不好的想象。

"我不会去做商人,不过我想陪陪管仲先生。你和白纱就暂时留在宅中吧。"

鲍叔有自己的打算。

虽然管仲说要去经商,但是他几乎没有本钱,盘不起店铺,所以只能做行商。说起如今中原的商业之地,当属黄河北岸的南阳地区。古时候,那一带有一个名为"苏"的国家,一度十分繁荣,后因北狄猖獗,最终亡国。后来,那里成了周王的领地,但还是难以维系。于是五年前,周王用那里与郑国四县做了交换。周王换给郑国的土地包括温、原、絺、樊、隰郕、欑茅、向、盟、州、陉、隤、怀这十二个县邑。其中,"盟"又称为"河阳",当年周武王意欲讨伐商纣王,与诸侯会合并结下盟约的"孟津",据说正是此地。现在,这些县邑的北面盘踞着残暴的狄戎等强大外族,南阳需要时刻警惕边防,因为不知何时狄戎便会大举进犯。在鲍叔看来,南阳形势不稳,郑国对那里的统治并不牢固。所以,鲍叔听管仲说要去经商后,便先去谒见了太子。

"君上已然高龄,殿下随时有可能即位。纵然殿下英明,通达下情,但南阳一带仍散存着一些殿下的慧眼所不能及的暗窟。故臣愿请命前去秘密巡查,为殿下彻底摸清南阳各处的情况。"

太子的眼中闪着微微的笑意。

"你老实说,南阳究竟有什么?"

"臣就是要前去一探究竟的。"

"嗯……你在郑都待腻了吗?哦,是了,南阳对面就是檽叔的老家祭县,你是因为这个才对那里感兴趣的吧,是要带妻子去巡游吗?"

太子的想象完全搞错了方向。

"并非如此。臣打算与管仲一起扮作贩卖货物的商人,遍巡南阳。臣不是去游玩的,是想为殿下效力。如果殿下不允,臣便回齐国去。"

"你是在威胁我吗……和管仲一起去呀……我雇管仲为兵,后来错抓了他,就算是补偿吧,我给你们提供财资。"

可即使如此,太子也始终没说过一句想见一见管仲。太子好恶分明,对于讨厌的人,至死也不会接受。虽然太子不曾直接见过管仲,但是通过鲍叔,他也多少了解了管仲的为人。

我不喜欢那个家伙——太子是这样感觉的。在这里我们没有必要详述太子究竟厌恶管仲哪里、有多厌恶,要说的话,可能是管仲那份与自己身份不符的野心令太子颇为厌恶吧。在太子心中,管仲的形象过于沉重,毫无飒爽之感。太子不喜欢不通风韵的男子。

非贵族出身之人,性情总归卑贱。

其实,太子厌恶管仲的原因不仅如此。换个角度来看,太子的想法也反映出他德量有限。但是,鲍叔能理解太子的心情。鲍叔生于贵族之家,无须体恤百姓之苦,从小的成长环境带有贵族倨傲的世界观,所以他对太子在好恶中表现出的傲慢并不反感。鲍叔见过太多贵族理所当然地苛待百姓,无心国政,家中事务也全数委任于管家,一心沉迷于酒色狩猎。这个郑国的太子固然也有不足之处,可是鲍叔对太子非常敬重。鲍叔认为,作为下一任国君,太子是一个出色的人选。

"臣惶恐,多谢殿下。"

太子赏赐的财资,鲍叔没有犹豫地接受了。

"好,我就任命你做我的专属巡察使。春、夏、秋的情况都要汇报,明年年末必须回来。"

"臣领命。"

鲍叔稳步地为行商一事做着准备。

为了行商,鲍叔和管仲二人弄来了两辆牛车。

他们从郑都出发时,已经是微微飘雪的冬季。

说是两个人,其实是四个人。管仲身边跟着襦垣,鲍叔身边跟着阿僄。出城门的时候,管仲再次向鲍叔确认是否真

的要与自己同行,他说:

"我可能从此就成了商人了,但你不同,去贾市上走这一遭,对你的将来并无益处。"

"不论这对我的将来是否有益,这趟南阳我必须去。明年晚冬,我会返回郑都。"

"啊,你是领了什么密旨吗?"

管仲马上就明白了。

"先生如果能在南阳找到幸福,我身上所领密旨,不去理会也没有关系。"

鲍叔的话里透出了他对管仲非比寻常的深厚友谊。管仲像是被击中了胸口一般,紧抿着唇。他深切地感受到这个名叫鲍叔的青年满腔诚挚的情意,从来不曾有一个人如此担心过自己。

"先生,恕我直言,我不曾遇到过先生这般有见识的人。先生要将这份见识用在贾市上,我不会多说什么。但是,如果先生觉得自己这份见识只有在官场和为政上才能得到最大限度发挥的话,我希望先生可以打消从商的念头。"

管仲抬起幽暗的双眼。

但是没有人愿意用我啊——那双眼睛这样说着。

鲍叔有意没去深窥管仲眼中的幽暗。

"我自以为有些见识和眼光,我相信先生身上的不幸越重、怀才不遇的时间越久,将来能拥有的幸福与厚遇就越是无与伦比。"

听了鲍叔的话，管仲微微地摇了摇头。他摇头的幅度不大，并不像是要一扫身上的阴霾，只是无力地将破碎的梦扔进寒风之中。

但是，鲍叔的身上满是朝气。满满的朝气散发着光芒，那光芒可以扫清前路的阴霾。

"我如果不曾遇到先生，可能会一直妄自尊大下去。我作为齐国大夫家中第三子，也许会谋得一个不上不下的官职，在大大的不满和小小的满足之间，守拙地度过此生吧。但是，不论我愿与不愿，我已经意识到了不同于此的前途和不甘于此的自己。托先生的福，我的气量才有所长进，我不想浪费这份意外的收获。多亏先生的教导，我才能避免终于小成，为了日后有所大成，我绝不能离开先生。"

鲍叔的话让管仲觉得有些炫目。不论鲍叔去到哪里、遇见什么人，都能让对方心生好感，受人喜爱，管仲却相反。在他枯如寒冬的心中，只有季燕的芳容如花如木，只有她的样子色彩缤纷，充满暖意。自己为什么没能娶季燕为妻呢？他直到死都会悲哀地重复这个问题。日后他会在南阳孤独终老，尸体被远远地扔到大海中，被鱼儿一点点吞噬，直至消失。反正也不会有谁为他的死感到悲伤，那么这样的死法也不错。管仲宛如快要在虚无中窒息的鱼一样，呆呆地睁着眼睛。

他们一行人来到黄河南岸的祭县后,鲍叔前去探望了檽叔的母亲,确认她一切安好,又让她看到檽垣成长了不少,由此安心。这些都足以体现鲍叔的用心。檽母对鲍叔等人的突然来访毫不掩饰满腔的热情,她得知自己的儿子跟在管仲身边,先向管仲道了谢,简单寒暄了几句,而后又问鲍叔:

"是明年年末回去吗?那老身也在那时前往郑都。"

檽母已经决定离开住惯了的祭县,这消除了鲍叔心中的顾虑。

檽母招待鲍叔四人在家中住下,她似乎对管仲有些在意。第二天早上,她一见到鲍叔便对他说:

"管仲先生看起来很是消沉,好像一辈子难交好运的样子,但是我问了垣儿,他说这位先生听得到悠悠天地之声,我相信垣儿的眼光。"

说着,她微微一笑。

"这样的人就是所谓的卧龙。"

"他是在等天上的虹桥落到地上吗?"

"一时不得风雨,只好暂伏于地。等日后回想起来曾经有过这样一段时光,应该会成为一场笑谈吧。"

鲍叔坚定地为管仲描画出一幅美好的蓝图。

"垣儿变得稳重了,都是托这位先生的福吧?"

"其实,我也一样。虽然管仲先生自己时运不济,却有着给身边的人带来好运的力量。"

"这就是人的不可思议之处吧！"

拥有这样不可思议力量的人不仅仅是管仲，鲍叔亦然。鲍叔把为行商准备的本钱拿给管仲看时，就像是在变魔术一样。他们是这样计划的：先购入一些只能在郑都买到的妇人用品，在出发前决定好利润如何分配；渡过黄河之后，购入一些水产，用盐渍好，带往内陆；然后在内陆再购入一些草药蛇虫，带到黄河边的县邑卖掉。后来管仲把国家看作一个企业，建立起不单纯依靠租税的经营体系，应该就是这一次行商之旅带给他的启发。

离开祭县之后，管鲍一行四人乘着牛车横渡黄河，抵达了南阳。

这时已经到了第二年。

鲍叔还没到行加冠礼的年纪，但是他的气质并不像是一个尚未成年的少年。撇开他的发式不说，他看上去有二十五六岁那般的沉稳；而管仲虽然同样不到二十五岁，却因为一脸阴郁，看起来更加沧桑。

鲍叔身负巡察任务，没有参与货物的买卖，他将行商的事务全都交给了随行的阿僄，而他自己去津、邑、鄙三地巡游，与管仲约定好半月后会合。所以，买卖的一应事宜皆由管仲负责，管仲每次与鲍叔会合时都会给他看收支账目。多年后，管仲回忆起这段行商的时光，他说：

"以前我走投无路的时候，曾与鲍叔一起行商。分配所得时我拿得多，但是鲍叔不曾觉得我贪财，因为他清楚我那时是多么穷困潦倒。"

事实上，苦心经营买卖的人是管仲，所以他拿走利润的大半也无可厚非。管仲将赚来的钱都存了起来，寄给了颍上的母亲和弟弟，但是他的母亲拿了钱财，并无分毫感谢之意。管仲无论是在物质还是精神上都穷困着、空虚着。

就在管鲍四人巡游南阳的这一年，郑军又打了一仗。这次的敌手不是周王的军队，而是北戎。其实，这个来自北方的外族大举入侵的并不是郑国，而是齐国，来犯的敌寇人数之众几乎覆盖了整个平原。齐僖公得到消息后，认为齐国兵力不足以抵挡，急遣使臣去郑国求援。这一事实既显示了中原及东方诸侯对郑庄公实力的认可，也是他们对郑庄公被罢免卿士之位一事表示出的同情，更是他们对郑庄公依然保有敬畏的体现。另外，齐僖公没有向周王求援，说明当时周王已然受到了诸侯的轻视。更进一步地说，齐国和郑国以前就有同盟关系。十四年前的石门会盟；九年前郑庄公与齐国大臣一起觐见周王，显示出两国依旧良好的关系；七年前，齐、郑两国加上鲁国，会盟于中丘，在一处名为邓的地方缔结了盟约。齐、郑、鲁三国会盟的第二年，也就是六年前，这三国一起攻打了姜姓的许国，齐、郑两国的友谊越发深厚。去年，繻葛之战的大约三个月之前，郑庄公与齐僖公一起拜见了纪侯（纪国也是姜姓）。这绝非一次简单的问候，齐国是为了日后吞并纪国前去打探情况的。

如此这般，诸国更看重各自私下的同盟关系，周王之命渐渐不被重视。在这个时代，传统的契约关系开始失效，而这对于想要创造一个新的契约世界的管仲来说，本应是再适合不过的时机，只不过这个时代尚未意识到管仲的存在。如果像郑庄公这样开明的英主有机会亲眼见一见管仲，一定会在第二天就破格提拔这个无名小辈。可惜很遗憾，这样的机会不曾出现。郑国位于中原中心这样绝佳的位置，却坐视管仲的经过而无动于衷，错过了成为超强大国的机会。

言归正传。郑庄公接到齐国的求援，马上应允，命令太子道：

"忽儿，你去吧。"

庄公下令命太子远征。太子在繻葛之战中表现出的英勇让郑庄公有信心交给他一支军队，而通过支援齐国，让天下人都看一看自己的后继者太子曼伯的气概，才是郑庄公的真意所在。

太子曼伯领会了父亲的意图，心中很是得意，带着郑国国民的骄傲和期望，意气昂扬地出发了。郑军摇着鲜红的旌旗向前进发，夏日的天地为这支队伍染上一片青色。

曼伯虽然不像他的庶兄子元那样好战，但也精于用兵之道，可谓天赋武德。子元习惯以形而下的战略战术取胜，而曼伯习惯将胜利寄托于勇气这个形而上的概念中。所以，曼伯并没有事先制定救助齐国的策略和阵法，他的战略和战术不是一张看得见的图。他认为，事先考虑出来的战术必有缺陷，只有随时根据敌人靠近时的感受或者灵感来调整阵形才最好。然而对于资质平庸的臣下来说，曼伯并不是一个容易跟随的主君。在这方面，他的父亲郑庄公会用语言和行动适当地补充自己思想上的精深费解之处。作为君主，庄公身上没有复杂隐晦、难以琢磨的地方，行政和外交上的磊落帮他紧紧地收揽了人心；但曼伯与他的父亲不同，他对自己的想法和行动几乎完全不作说明。

遭到北戎入侵，国难当头的齐国不仅向郑国求援，也向邻国鲁国求援了。郑、齐、鲁三国同盟没有得到周王的认可，是周王朝制度之外的力量体系，但可以说他们已经开拓出了自己的霸权之路。他们的敌人北戎兵力强大，需要合三国之力讨伐。北戎是一个没有太多历史记载的隐性强族。

会战于六月打响，曼伯率领郑军果敢地发起进攻，不仅斩杀了敌军将领大良、小良①，还斩获甲士首级三百，献给了齐国。齐僖公大喜，趁机向曼伯提出联姻。

"太子殿下意下如何？"

齐僖公之前就想把自己的女儿嫁给曼伯，但是被曼伯回绝了。至于为什么回绝，不喜欢向别人解释的太子日后曾

---

① "大良""小良"是人名，皆为北戎元帅，二人是兄弟。

吐露：

"每个人都有与自己相配的对象。齐大非偶，齐国这种大国的公室之女，不可以做我的配偶。《诗经》有云，幸福要靠自己追求。关键在于我自己，而不是其他的大国能带给我什么。"

齐僖公被曼伯拒绝，于是他将本想嫁到郑国的女儿嫁到了鲁国。从日后种种情况来看，曼伯没娶齐僖公之女是一个正确的决定。那位嫁给鲁桓公的齐国公主史称"文姜"，年纪轻轻，姿色妖艳，还与她同父异母的兄长诸儿发生了有违人伦的关系。文姜随着发育渐渐成熟而越发堕落，可以说，她把自己的绝色之姿和厄运一起带到了鲁国。

齐僖公无从知晓家族中的秘事和淫行，他见郑太子漂亮地击退了北戎贼寇，非常满意他的气概，为了加固与郑国之间的友谊，他再次提出联姻之事。除了已经嫁到鲁国的文姜，齐国还有其他年轻貌美的公主。

这一次，太子曼伯依然坚决地回绝了。

像往常一样，太子没有说明理由。回到郑国后，执政大夫祭仲问他，他才说：

"不曾在齐国动兵的时候我就拒绝过联姻的事，这次虽奉父亲之命，救齐国于危难之中，但是如果我从齐国带一个正室妻子回来，岂不是成了我利用出兵一事娶妻。国民该如何看我呢？"

太子的言语间略带一丝苦涩。确实，表面看来，太子所说的确是一个理由，但是这里面还另有隐情。其一，太子应该是因为怜爱现在的正室妻子妫氏（陈国公主）。陈国不如齐国强大，虽然这两国公室的爵位没有差别，但齐国公主作为大国的公主，即使后嫁进来也要居上位做正夫人。所谓夫人，其实可以看作被娘家派过来的使臣，她要尊重娘家的意愿，不会轻易地顺从自己的夫君。现在的妫氏十分顺从，可齐国公主会怎么样呢？曼伯向来不喜欢受人钳制，他不希望自己未来还需要受制于这位尊贵的夫人。曼伯虽然好女色，但是比起强势耀眼的美人，他更喜欢纤质柔弱的女子。即便齐国公主是一个有着纤妍之姿的美人，她身上也必然带着大国的威权，令人忌惮，定然不会与他情投意合。曼伯深知自己的性情，所以本能地避开了一场由女人带来的灾祸。

负责郑国内政外交的祭仲颇有见识，他懂得置之死地而后生的道理。祭仲认为，单凭自己的感情和欲念是无法执政的。同样，君主需要正确而公平地听政，心中不可以怀有负面感情，日后将要成为郑国国君的曼伯所面临的要求还有很多。祭仲得知曼伯谢绝了齐僖公的好意之后，内心一面埋怨又同时坚信：这件事还有转圜的余地。

祭仲想让曼伯重新考虑一下，他甚至愿意亲自去做商议联姻的使臣。齐僖公虽然已经被拒绝两次了，但是对曼伯的印象应该不坏，一定乐于见到联姻达成。祭仲认准了这一点，于是用强硬的口吻要求曼伯重新考虑。

"殿下应当迎娶齐国公主。君上宠妾众多，而殿下身后并无大国的后援。虽然您现在是太子，但是也不能断言您日后就一定能登上国君之位，另外三位公子也都有可能成为国君。"

祭仲为了让曼伯意识到现实的严峻，故意这样说。这不是太子与其他几位公子孰优孰劣的问题，现实就是这样。曼伯的生母是小国邓国的公主，太子在这一点上备受郑国公族的非议。周王室否定了天帝的存在，完成了从神政向人政的转变，所以更加看重家世的正统性，而能够明确证明正统性的就是"血缘"。

血统既是周王室的立国之本，也是它的基本形式，是王朝繁荣永续的象征。人的优劣不在于能力的高低，而在于血统的尊卑，社会秩序的基础也在于血缘。当这种血统观念和信仰被废弃，抽象不可见的道德理念才会出现。不合逻辑的道德与幸运、恩惠之类的概念没什么不同。曼伯与祭仲所生活的时代，仍是讲究血缘的时代。

在这个时代，姬姓被认为是最高贵的姓氏。曼伯十分反感自己因为体内流淌的血液而被世人低看一等。一个人的价值岂能因血统而定？他这种叛逆的思想中所包含的观点是，无法被普世的价值观衡量的才德，才是至高无上的。曼伯关注世人的看法，认为得到国民的支持比得到王公贵族的支持更重要。所以他才会说，明明是去打仗的，要是娶了齐国的公主回来，便会失去国民的支持。但是，在祭仲看来，等当上君主再说不迟。

即使曼伯日后真的登上了国君之位，他的地位也很不稳固，来自公室贵族的压力比曼伯以为的要大得多。如果有齐国公室做亲家，一定能从侧面给曼伯以支持。不依赖旁人、独立前行，这固然理想，却不现实。

另外，祭仲所说的三位公子是指公子突（子元）、公子亹和公子仪。除了太子曼伯与这三位公子，郑庄公还有八个儿子。如果再加上女儿的话，庄公的子嗣有二十人以上。庄公在位已经三十八年，有这么多子嗣也是理所当然，甚至可以说这还算少的。

"嗯……"

曼伯重新思考了一下，但很快又开口说：

"回锅再蒸的饭菜不会好吃，事同此理。"

最终，迎娶齐国公主一事只得作罢，祭仲非常失望。

在庆祝击退北戎贼寇的庆功宴上，曼伯望向齐僖公身后的人，问道：

"在座之中，可有位姓鲍的大夫？"

"外臣在——"

鲍敬叔应声膝行向前，心中很是讶异。曼伯看着这位拘谨古板的大夫，笑着说：

"大人的爱子现在在我这里。令公子为人坚毅勇敢，学识出众，有扶持一国社稷的大才。所以，如果能征得鲍大人的同意，我想今后将令公子留在身边，让他成为国之栋梁。大人意下如何？我身边没有什么可用之人，还望大人体恤。"

"这，实在是……"

鲍敬叔舌头打结，头上冒汗。他从贝佚的回报中得知爱子叔牙身在郑国，但不知道叔牙竟如此受郑太子看重。鲍敬叔膝下还有其他儿子，让叔牙留在太子身边也无妨，只不过他心底还是希望叔牙能继承自己的家业，所以没有马上答应。

齐僖公见鲍敬叔不知如何回话是好，帮他打了圆场。只是僖公接下来说的话，更是让鲍敬叔出乎意料。

"殿下，说到身边没有可用之人，犬子也是一样。寡人打算让鲍氏之子做犬子的太傅，在我齐国发挥才干。如果鲍氏之子现在就在殿下的随行者中，还请把他留下。"

虽说僖公并非因为联姻被拒而故意阻挠，但他还是指名让鲍叔做自己儿子的老师。

"鲍叔此次并未随军。不过，让鲍叔做太傅……君上是早已有此打算吗？"

曼伯不甘地追问。僖公眼中浮现出一丝笑意。

"正是，并非这一两日的事，数年前寡人已经向鲍氏授意，所以鲍氏才让那孩子出门游学。既然鲍氏之子曾跟在太子殿下身边学习,那么殿下对他的熏陶也一定会在我齐国公室发扬光大,寡人还要再次感谢殿下才是。"

鲍敬叔完全不曾听说过僖公所谓的授意,心中惊讶不已。他额头上满是汗水,听凭太子和僖公彼此应和,等他回过神时,已经接到了让鲍叔牙回国的命令。鲍敬叔行过拜首礼,接下了君命,他不住地眨着眼睛思索:我明明听说为公子请的太傅刚从王都到这里呀……

不过,他不知僖公所说的公子是哪一位,也不知请来做太傅的人姓甚名谁。僖公的儿子有公子诸儿、公子纠、公子小白等。其中,公子诸儿已二十岁有余,没有必要再请太傅,需要太傅的是刚刚年满十岁的公子纠和马上就要满十岁的公子小白。但僖公是要鲍叔牙去辅佐哪位公子,此时尚不清楚。

叔牙真的要被任命为公子太傅了吗?

其实连这一点都很可疑。僖公也许只是在打了胜仗的庆功宴上随口一说,如果信以为真,匆忙将叔牙召回来,可能导致他被晾在一边,不被起用。如果是这样,还不如让他在郑国受郑太子的重用,未来反而更有希望。

鲍敬叔在派使臣召回鲍叔之前,稍稍调查了一下僖公的几位公子。

年长的公子诸儿风评不好,也许因为他的生母出身低微,他至今没有被认定为嫡子。君主的嫡子在十二岁时要行加冠礼,十二岁成年后便可娶妻,为了确保公室的嫡传血脉,需要让下一任君主膝下多子，使公室人丁兴旺。但是，公子诸儿的加冠礼是二十岁才举行的。

也就是说，君主中意的继承人是公子纠吗？

恐怕正是如此。公子纠的生母是齐国的同盟国鲁国的公主，公子纠自身的风评也很好。据说僖公从王都请来的太傅是召公举荐的青年学者，名叫召忽，是一位有高见的有节之士，这个人已经是公子纠的太傅了。如此一来，叔牙就是为了公子小白而被召回国的。公子小白的生母是卫国的公主，出身并不低，但是公子小白没有任何胜得过兄长的优点，无心向学，沉迷游乐。做了这位公子的太傅，想必要白辛苦一场。

鲍敬叔一脸不快，在使臣出发前，吩咐道：

"告诉叔牙，无须急着赶回。"

如果鲍叔牙留在郑国跟在太子身边，也许还有机会当上大夫，可如果回到齐国辅佐公子小白，那至多不过是公子小白家的一个家臣。

话分两头。当鲍家的使臣抵达郑国的时候，正在南阳行商的管仲却引起了一位大户人家小姐的好奇。

悲喜之邑

水井旁边，一个少年正在清洗自己的头发和手脚。

梁娃望见了，向身边的人询问缘由。近旁的仆从赶忙回话：

"恕小人禀报迟了。"

仆从解释说，那个看着有点脏的童子是行商的随从，他们下榻的民家水井不能用了，所以来这里借水。当然，不是白给他们用，他们要以货抵偿。

"是父亲应许的便好。"

梁娃点了点头，她望着那个站在庭院阴凉处的少年。那少年看上去比梁娃年纪略小。当然，让梁娃感兴趣的不是少年的年纪，而是少年那清秀的相貌，她简直看呆了。虽然仆从说那少年脏脏的，但是用水洗去灰尘之后的容颜却非同寻常地漂亮。

"哪里来的行商？"

"说是从郑国都城来的。"

"他的家主是什么人？"

"是个话很少、很阴沉的男子。那副样子，好卖的东西也卖不出去吧。"

仆从嘲笑道。

"这个少年他卖不卖?"

"啊,小姐想雇这个孩子吗?"

"是的,我去问问父亲。"

说着,梁娃快步走了出去。仆从慌忙从后面追上来。

"那个孩子脑子不好的!"

梁娃听了回过头,秀眉一皱。

现今,想与梁家结亲的人非常多。梁娃的父亲梁庚不愿意让自己最疼爱的女儿置于众目之下,一直养在深闺,但是梁娃的绝世美貌远近闻名。南阳各大富户不断前来提亲,可梁庚从来不曾点头。

"女子也应当志存高远。如果亲事不符合孩子的志向,父母就应该护住那份志向。"

梁庚一直这样说。梁娃一向极为尊重父亲,但说到志向,她有点懵懂。志向是什么?父亲教导她说:

"娃儿是这世上独一无二的。娃儿不能模仿别人的人生,别人也无法模仿娃儿的人生。你要想一想,生活在此时此地的你是怎样的一个人,你要清楚,人是无法一个人生活下去的。当你知道这世间人上有人,就会明白人下也有人。只有懂得了这些,才能立下自己的志向。志向不明的婚姻只会带来不幸。财富和名声都是幻象,娃儿不可以嫁给那些幻象。"

听了这些,梁娃脑中更混乱了,她从不曾想过结婚是这么复杂的一件事。梁娃第一次尝到了忧虑的滋味，这份忧虑在她的眉宇间染上一抹阴影，却让她又平添了几分娇艳。梁娃五官有些过于端正，多少会让人觉得难以亲近，而如今她冷艳的相貌在清纯之余，又多了一层哀愁。

仆从的心思没那么细腻，没能察觉出梁娃心境的微妙变化。

"那个孩子虽然不是疯子，但净说些奇怪的话。"

"他说了什么？"

"真的是太好笑了。比如，他称呼他家主人为先生，说他家先生必定会成为天下宰辅，还说什么世上没人的学识能胜得过他家先生之类的。"

"天下宰辅……"

梁娃显出些许惊讶。因为她父亲梁庚说过：

"娃儿是要嫁给天下之尹为妻的。"

所谓"尹"，是指长官。父亲还对她说过，他们家的先祖是商朝的武庚，此事不可对外人讲，但娃儿要好生记在心里。梁娃至今也不知道这个商朝的武庚是何许人，但她能感觉到那是一个地位尊崇的人，同时她能感觉到父亲好像有意隐瞒自家的血统。

"先祖如果是地位尊崇的人，那我家的血统不该是值得夸耀的事吗？"

梁娃带着这个疑问，慢慢地长大了。

梁娃的父亲在名为温的地方创下家业，是富甲一方的大户，他冒着巨大的风险，与狄戎等外族进行贸易，赚取了丰厚的利润。梁娃并不清楚父亲究竟做过些什么危险的生意，但当她不把梁庚作为自己的父亲，而是作为一名商贾来看的时候，她认为这是一个有胆识的人。

而且，这可能还是一个能凭借自己过人的预见性，凭空创造出财富的人。梁庚一面说着财富和名声都是浮云幻象，一面不断地积累着财富。那么对他来说，生意是幻术吗？不过，梁娃不曾从父亲身上察觉到任何不道德的地方。

梁庚虽然不是美男子，但很有男人的魅力。前年他的原配妻子亡故，今年，他娶回了一个年纪与梁娃差不多的年轻妻子。梁娃的忧虑也与此事有关。继母很照顾梁娃的感受，一直态度恭谨，但是依然难免让梁娃觉得自己的父亲被抢走了。

梁娃无可避免地生出了失落空虚之感，这让她很想找个伴儿说说话。所以，当她偶然看到那个美少年时，便很想和他亲近，而这个少年似乎并非身份低贱的行商之子。

"这孩子口中所说的先生是个什么样的人呢？"

梁娃匆忙地换上一套婢女的衣服，用头巾遮住脸和头发，跟在那少年的后面。正值秋日的傍晚，路上渐渐暗了下来，两旁屋舍的影子渐渐变长。少年腰间系着的佩巾掉在了地上，而他并未发觉。梁娃将他掉落的佩巾捡了起来，发现它在潮湿的地面上被泥土弄脏了。

少年走进了一条小巷，推开一家低矮的民户的大门，走了进去。这家民户外面只有墙篱，没有门扉，想要靠近他家门口非常容易，但梁娃迟疑了，没有继续上前。就在此时，民户中走出来一个男子，看到梁娃正往后退，略一颔首，和气地说：

"啊，您来了。百忙之中，实在是抱歉。"

说着，低头就要将她引入户内。

"那个……"

梁娃一脸困惑，可还是想看看他们家中的样子，于是迈步跟了进去。在门口，她摘下了头巾。

门厅里铺着稻草席子，生着炉子，那个少年正站在一片烟气和水雾之中。少年一面不可思议地看向梁娃，轻轻一低头，马上又把脸转回炉子的方向。屋内没有其他人。

这样看来，这个男子就是他的家主吧。

那男子蹲下身，打开了一个箱子。梁娃打量着他，觉得他既不阴郁，也并非深谋远虑之人，就是一个普通人。男子抬起头，取出了两三件衣服，指着衣服上破损和开线的地方，说道：

"想劳烦您缝补的就是这些。"

他的声音还不错。梁娃一面想，一面苦笑着说：

"我只是来送还这个的。"

说着,她拿出了少年掉落的佩巾。

"啊,这位姑娘不是这家人的亲戚吗?"

男子接过佩巾,朝少年问道。这个男子正是管仲。管仲脸上浮现出微笑,自报家门后,道谢说:

"您是梁家的人吧。特地将垣儿遗落之物送过来,管某不胜感激。"

然后他站起身,柔声对梁娃说:

"您戴的头巾染色上成,材质应该是高级绢布,不知您卖吗?"

"啊,这个啊……"

梁娃含糊其词,突然注意到自己脚下穿的不是婢女的鞋子。她不想被这个看起来有些狡猾的男子识破自己的身份。这个人哪里像是会成为天下宰辅的饱学之士?梁娃心中有些失望,说道:

"等我改变主意了就卖你。"

她在心中断言,我才不会转变主意,而且我也不会再见到这个人了。梁娃正要离开时,身后传来一个声音:

"是梁娃小姐吧。烦请转告令尊,武庚迁居的西方之国究竟是在哪里,管某未能查清。"

听管仲这么一说,梁娃停下了脚步。继而,她感觉从脚下涌起一股难以言喻的羞耻之感。梁娃回过头时,脸上的灼热还未褪去，映入眼帘的是一个神色不再卑贱的士族男子。

这个人应该是贵族后裔——让她吃惊的还不仅是这个。她忽然觉得自己像是被包裹在某种丰富而饱满的感情中，心里一阵悸动。

"武庚是谁？"

她的语气弱了下来。

"武庚是殷纣王的后继者。殷又称为商，武庚曾经为了复兴商王朝而举兵叛乱，但他时运不济，最终败走。据说武庚被杀了，但是梁老先生相信武庚没有死，而是迁居到了西方，所以让我调查一下。我虽然没有查到详细的情况，但也认为武庚没死的说法是可信的。"

梁娃听着，嘴唇开始发抖。她知道商纣王是暴君中的暴君，也终于明白了父亲为什么要隐瞒自家的血统，但是父亲又为什么要对管仲说起武庚的事呢？梁娃的脸色很难看，她盯着管仲说：

"我家不是武庚的后人。"

"我家也不是管叔鲜的后人。"

管仲静静地说了这一句，而后吩咐檽垣：

"你送梁娃小姐回家吧。"

然后他便自顾自地坐到了炉火旁。

管仲背对着梁娃，一瞬间，梁娃的心头涌上了一股复杂的感情。为了厘清胸中交错的情感，她走到了屋外，檽垣举着火把跟在后面。梁娃低着头，沉默无语，走了几十步之后，她停了下来，问道：

"那个叫管叔鲜的人，和武庚有什么关系吗？"

檽垣虽然才十三岁，但是对典故旧事颇有兴趣，而且好学，所以熟知周朝初年的旧事。檽垣语气轻快，简明扼要地把有关管叔鲜的事讲述了一番。梁娃举步，檽垣便也举步，他边走边回答着梁娃的问题。

"这孩子懂得真多。"梁娃心想。

看徒弟就能了解师父，所以管仲一定不是寻常之人。这等非凡之人却热衷于经商，是什么原因呢？太过高远的志向有时会显得有些愚蠢。管仲会一直与不幸相伴，终此一生吗？

梁娃站在自家门前，突然发现自己的心情有点不可思议。

"管先生打算在这里待到什么时候？"

"待到明日。"

"离开温县之后，你们打算去哪里？"

"恕小人不便相告。事出有因，还望见谅。"

管仲叮嘱过檽垣，不可外传与鲍叔约定的会合地点。

"你好像说过，管先生将来会成为天下宰辅，对吧。你真的相信？"

"是的。家师正如卧龙眠虎，天地神灵皆知，唯独世人不知。"

这可真是豪言壮语。但是，橘垣讲这些话的时候语气坚定，并没有半点虚夸，他的态度打动了梁娃。

"好羡慕。"

她之所以会这样觉得，应该是出于对心存高远之人的嫉妒吧。梁娃回到家中，被乳母劈头盖脸地埋怨了一顿，说她突然失踪让家中乱作了一团。

不等吃晚饭，梁娃就被父亲唤了过去。

"你去哪儿了？"

父亲呵斥道，声音冷冷的。梁娃头一次感觉到自己与父亲之间的隔阂，心中更觉得落寞，幽幽地答道：

"我去了管先生住的民居。"

"管先生……那个商贩吗？你找那种人有什么事？还是说，你是被他巧言诱骗过去的？"

父亲的用词让她意外。梁娃有些愤怒，没有回答，而是略带嘲讽地说：

"父亲不是问了管先生关于武庚的事吗？管先生说，他查了武庚到底迁去了西方的什么地方，但是没有查出结果。"

"是吗？"

梁庚对女儿情绪上的变化表现得漠不关心。

"管先生博学广识，是一位知礼的学士。父亲，这您是清楚的吧。"

"不，为父不知。"那个姓管的人来我家借井水，是他对我说："你家先祖也许随武庚一起迁去了西方。"那个人知道关于武庚的事吗？

父亲不过以为管仲是个无知的人，想捉弄他一下罢了。梁娃失望极了，准确地说，她觉得很丢脸。之前不是父亲一直说，不可以轻视从事低贱行业的人吗？难道父亲是被年轻貌美的妻子迷晕了，沉迷夜游，对世人的关心都淡薄了吗？

"父亲，您真的是我的父亲吗？"

梁娃哀怨地控诉道。

"你说什么？"

梁庚面露不悦。

"识不清人就看不清世道，最终错过登上祥云的机会。这不是父亲您说的吗？"

梁娃还是头一次批评自己的父亲。为什么她会陷入这样焦躁不安的情绪中呢？

"娃儿，你怎么了？你是被管氏这个身份可疑的人诓骗了吗？罢了，你退下吧。"

梁庚侧身躺下。梁娃紧咬着嘴唇，脸上涨得发红，她盯着父亲，直到眼中涌出泪花才退出了室外。

她刚一离开，一个男子便静静地进入房中。

来者不是旁人，竟是鲍叔。

鲍叔落座后，朝着梁庚微微苦笑。

"在下都听到了。您说管仲先生身份可疑，这话有些口不对心了吧。"

梁庚轻轻一点头，咧嘴一笑。

"这话我自己说有些不好意思，但是我家娃儿是个聪明的孩子。像娃儿这个年纪，看人的时候往往会感情用事。不论我对管仲先生是褒还是贬，她都会心生逆反。所以我先贬斥他一顿，娃儿才不会大意。"

鲍叔佩服地点了点头。

"原来如此，梁老是一位好父亲。等娃儿姑娘到了您的年纪，一定可以理解您的良苦用心。"

"不过，我没想到娃儿自己主动去见了管仲先生，这倒是省了我们的工夫，咱们的运气不错。"

梁庚是真的没有想到。

这话还要从鲍叔悄悄造访梁家时说起。四年前，梁庚因为生意上的事前往齐国。他打听到鲍家统管齐国渔业，所以登门拜访了鲍叔的父亲鲍敬叔。自那以后，梁家与鲍家一直有往来。齐国的鱼贝产量位列中原各国之首，又是产盐大国，宝石珍珠也多，是一个海产丰富的国家。梁庚在齐国不曾见过鲍叔，这次一见，觉得此人威德非凡，不愧为大夫之子。

我想把娃儿嫁给这样的人——作为一个父亲，梁庚确实曾在心中这样想过。但是，他在与鲍叔谈话间得知，鲍叔身边已经有了一位士族出身的妻子,这让他深为遗憾。鲍叔这般气宇不凡之人,将来一定会成为大夫,不,一定会成为卿士,梁庚的判断不曾错过。上大夫可以有多位妻子,娃儿也许可以成为其中之一,但碍于出身,娃儿怕是无法成为他的正妻。虽然梁庚在心中这样想,但还是让娃儿出来见了客,又问了她的感想。

"那是一位未尝过辛劳、被呵护着长大的贵人吧。"

娃儿平淡地回答道。梁庚听了险些笑出来。未尝过辛劳、被呵护着长大,这说的难道不是娃儿你自己吗?能让娃儿忘了自己,说出此等评价,鲍叔也是厉害。看来,鲍叔并非娃儿心之所属。

另外,鲍叔惊叹于梁娃的气质芬芳、我见犹怜,这让他心里闪现了一个念头。

"再过不久,我有一个叫管仲的朋友会来此地行商,将要在附近的民家借宿。恕在下直言,这个人是世间难得的伟才,梁老可以亲眼确认一下。娃儿小姐的美貌在南阳无人不知,然而能配得上这份美貌的人,我以为非管仲莫属。管仲能够为身边的人带来福祉和财富,还懂得培育人才。不知可否请娃儿小姐见管仲一面?在下以为,管仲一直大志不得伸,就是因为家中无妻。像梁老这样的商贾达人,一定能看出管仲的可贵之处。"

鲍叔说完这些,便前去巡察了。

不久后,梁庚听说管仲住进了附近的民家,并以那里为据点开始行商。不过没等到梁庚派人去请,管仲自己就来借井水了。他见到管仲的头一眼便觉得,这个人与年轻时的自己很像。

管仲与人接触时总是保持着微妙的距离,并小心地不让对方觉察,这些都与梁庚年轻时一样。这并不是因为他阴险,而是因为害怕人、尊重人。通过与管仲的交谈,梁庚更是对管仲的深不可测感到惊叹。

"先生来我家做管家可好?我有个女儿,名娃,先生是否愿意入赘为婿?"

梁庚说的时候就做好了被拒绝的心理准备。

"梁老,您是为数不多对在下予以认可的人之一。说不上报答,但是在下建议您制定一套家法。"

管仲这样说是因为他知道梁庚膝下无子,日后家业无人继承。梁庚看上去刚过四十岁,年轻的续弦尚未生子,如果他能有儿子,最快也要到四十二三岁了。等他的儿子长大成人,梁庚就已经六十二三岁了。如果他们父子二人平安健康自然什么问题都没有,万一在儿子成年之前,他就不幸病故的话,梁家的万贯家财恐怕会惹出不少事端。因此,只有制定一份符合梁庚意愿的家法,才能防患于未然。

管仲说着,让人取来木简,不多时就写出了许多文字。

"比如,像这样。"

他说着，将拟出的家法草案递给了梁庚。梁庚一读三叹，觉得手中的这份草案完全无须修改。

"人虽死，法不灭。这份家法可保梁氏子孙长久无虞。"

"梁某不胜感激。"

梁庚心中非常感动。鲍叔说管仲是世间难得的伟才，梁庚心中一面觉得确实如此，一面又觉得不安，娃儿可能配不上这么非凡的人。天才的妻子也应当是天才。娃儿虽然貌美不俗，但是教养不够。管仲固然是一个体贴的人，但是他真的需要娃儿吗？梁庚有些迟疑，所以没让梁娃见管仲。不过他没想到，娃儿竟然主动去见了管仲……

梁娃会成为管仲的良妻——鲍叔抱着这个想法，却又不放心后面的进展，所以悄悄地再次造访了梁家。

"管仲很穷。梁老当真愿意把娃儿小姐嫁给这样一个贫小子吗？"

"与其说我把娃儿嫁给他，不如说是娃儿自己奔向管先生的吧。不过，我一分钱也不会给娃儿，一文不给远胜于给她巨额财产，其中的道理不知道娃儿能不能理解？"

"她会明白的。他们二人一起慢慢地积累起自己的财富便好。来得容易的东西失去也容易，娃儿小姐不会不明白这个道理。"

鲍叔放下了心，也许是觉得自己干涉得太多，第二天一早，他既没见梁娃也没见管仲，一个人离开了。这一天，管仲驾着牛车在温县四处盘桓。傍晚,他向梁庚道谢后,就回到了自己的住处。待在另外一间房里的梁娃坐立不安,她一直在等父亲招呼她,说"那个做买卖的人就要离开了哟",但是她好像被无视了,四周一直静静的。梁娃实在等不下去了,便让乳母前去打探,结果乳母回来说,管仲已经离开了。

"管仲先生是不是对我并不关心?"

梁娃有些气自己被感情冲昏了头脑,她也不知道自己到底想让父亲和管仲怎么做,所以什么也做不了。此时的梁娃已然对管仲心生爱慕,她从未对家人以外的异性产生过感情,所以不知道怎样才能让自己静下来,她的行动跟不上自己的心动,深深地陷入了苦恼。

"明早,管仲先生就要离开温县了。"

光是这样一想,她的眼泪就涌了上来。梁娃蜷抱着身子,躲在屋里的幽暗之处,在心中描画着越来越暗淡的未来。在梁娃心中,管仲是她的光源。突然,梁娃被风声一惊,站起身,唤来仆从,坚定地吩咐:

"明早,你跟着管先生,找到他住的地方。"

第二天早上,风声很响。

仆从身着便装,听梁娃叮嘱了许多之后出发了。不久,他就神色大变地跑了回来。

"管先生在城门那里被本地商贾的手下拿住了,他们把他带到了集市的广场上,正在殴打呢。"

梁娃扬起眸子,没听完仆从的汇报就飞奔出了家门。集市的广场上洒满了阳光,会聚着很多围观的人。梁娃好不容易拨开人群来到里面,只见管仲和檽垣正被按在地上。数名手持大棒的壮汉围着管仲主仆二人口出秽言。骂声被风声吹散,听不真切,似乎是在说管仲行商损害了温县商贾的利益,要求他们补偿损失。还威胁说,如若不从,就把他们押到集市的胥吏那里。显然,这是信口开河的强盗行为。梁娃怒上心头,大步上前,抬头看着壮汉高大的背影,朗声道:

"经商之人只要不入集市,在哪里做买卖都没有问题,不是吗?"

"闭嘴!"

壮汉猛地转过身,大棒挥中了梁娃的衣袖。衣袖破了,梁娃摔倒在地。后面跟着的仆从脸色一变,赶忙上前,瞪着那壮汉说:

"你打了梁家的娃儿小姐,还想不想在温县待下去了?"

壮汉一惊,继而露出满不在乎的笑容,说:

"这温县又不是梁家的。不想受伤的话,赶紧给我滚。"

说着,又挥起手中的大棒。这时,梁娃站起身,面色苍白,朝那壮汉厉声道:

"钱我出,放了他们。如若不听,便是与我梁家为敌。还是说,你想与集市长聊聊?你想让这里所有人明天都被卖为奴隶吗？"

这时，梁娃的乳母和梁庚的手下也都赶到了。乳母见梁娃的侧脸上沾满了泥土，衣服也破了，顿时哭出了声。梁庚的手下瞪着那几个壮汉。几个壮汉面面相觑，心想：咱们不是对手。

最终，那几个壮汉满脸不在乎地缓缓退开了。梁娃感觉危险已经解除，顿时膝头一软，就要倒下，但她鼓励着自己走到管仲身边。一看到管仲的眼睛，她的眼泪就止不住地往下掉。明明并不悲伤，为什么会哭成这样，她自己也不明白。

"娃儿小姐……"

管仲的声音紧紧地抓着梁娃的心，她心底希望这一生都被这声音抓牢才好。

"有没有受伤？"

"你看，我还能走。你的伤才是——"

管仲说着，带梁娃从广场离开，走到旁边的树荫下。围观的人群窃窃私语。"那就是传说中的梁娃小姐呀。"闹事的正主已经离开，人群也没了兴致，渐渐散开了。梁庚的手下背朝树荫站定，将梁娃和管仲团团护在当中。乳母见了这光景，用眼神示意仆从和孺垣去另一棵树的树荫下。风时不时吹起一阵阵沙尘。

梁娃突然想起来似的，问道：

"牛车和货物怎么样了？"

说着便四下打量。管仲静静地笑了笑。

"被抢走了。"

"是刚才那些人所为吧。很快就能找回来的，先生应当将此事报官。"

"不，不必。失去了这一切是上天对我的警示，是在告诉我，不要继续做买卖了。那群人虽说是温县商贾的手下，但是在我眼里，他们是上天派来的使者。"

"嗯——"

梁娃瞪大了眼睛，她头一次遇到这样思考问题的人。这就是所谓的风骨吧。

"所幸让檽垣拿着的钱还在，不至于饿死途中。我们再行三日，应该就能到达与友人约定的地方。"

又一次，梁娃的眼泪掉了下来。

"先生不会再回温县来了？"

"不会再来了吧。娃儿姑娘……"

管仲说的时候声音有些湿闷，他知道梁娃那率直的爱情需要用全身心来接受。他饱含深情地说：

"我曾经请求一个人等我三年，但是她和她父亲都没答应我的请求。现在想来，他们是觉得我说的三年之期是一个谎言吧。所以我只能对你说，等我。"

管仲这次的誓言中没有明确地说何时、何地，因为说太具体反而容易被打破。

"即使我死了,埋到地底下,我也会等着你。"

"啊……"

管仲感动不已。

言语何其无常。即使堆叠再多这样无常的东西,那无常的本质也不会改变,所以守住脆弱的誓言需要相当的勇气。人的努力大半在于此,人的强大也由此而生。可以说,打动管仲的并不是梁娃的美丽,而是她的强大。他向梁娃行了一礼。

这个人也是上天派来的使者——他坚信。

管仲和檽垣离开时,梁娃想要送他们到城门,她招手让乳母过来。这时,有人从身后扯住了她破掉了的衣袖。

"父亲——"

"管仲在哪儿?"

"啊,那边……"

"对旁人来说他是在那边,但是对娃儿来说,他一直在这里,不是吗?所以,无须远送。"

梁娃低下了头。脚下映着她和父亲的影子。

"娃儿啊,别难过。依爹看,管仲这个人是不会让别人伤心的。他把国家的哀伤扛在自己的肩头上,为所有国民带来幸福,但只有我们娃儿才看得到他的悲喜。好了,在管先生派使者回来之前,娃儿还有许多要准备的。"

父亲拍了拍梁娃的肩,她的脸上重新出现了喜悦之色。

由郑至齐

出了温县的城门，突然，一个头戴斗笠的男子出现在管仲近旁。

随行的橘垣瞪大了眼睛，摆出防卫的架势，却被管仲用手制止了。

"管兄艳福不浅哪。"

这声音很耳熟。那男子略将斗笠抬起了一点。

"巢画……"

巢画刚刚也藏身于集市广场上围观管仲受难的人群里。先前在繻葛之战时，这个人是周王军队的细作，现在他自然也在为王室暗中打探消息。

"巢兄啊，你陷害我，对你又有什么益处？"

之前，管仲是因为巢画才被逮捕，还受到了拷问，所以他埋怨了几句。

"一时疏忽，给管兄添了不少麻烦，在此向管兄谢罪。"

说着，巢画摘下斗笠，双膝跪地，磕头谢罪。管仲望着他，说道：

"如果你能如实相告，我就原谅你。巢兄是在为谁效力？"

"周公——"

巢画的回答虽然很简短，但是并无欺瞒。周公也就是黑肩，是周桓王最信赖的人，也是辅佐王政的掌权者。在精通政治这一点上，恐怕没有人能在周公之上。周公出身名门，毫不费力便能荣光加身，这对于一个执政者来说未免太过幸运了。

——如今这世道，贵族与平民自出生之时，起点就不同。

有的人一出生就是君主，而平民即使努力一百年也不可能成为君主。

"我知道了，我不问你为什么在这里。你起来吧，之前的事一笔勾销，你走吧。"

"你原谅我了？……我之前从不曾出过疏漏，上次是我过于自信了，教训实在是惨重。如果不能得到管兄的原谅，我会一直自责下去，在下深谢管兄。"

这样的一个人竟然是一个细作，真是有些不可思议。也许欺骗也需要真诚吧。巢画的忠诚全都奉献给了周公，而他忠诚的表现就是作为细作为周公效命。

巢画重新戴好斗笠，离开了。

"巢画似乎调查过我的事了。"

"就是他欺骗了先生啊！"

先生为什么原谅了他？檽垣用炽烈的目光询问着。士族子弟自有自己的骄傲，对陷害过自己的人，要全力报复，完全不存在原谅的可能。这个道理不需要教，他们自然就懂。但是，令糯垣难以置信的是，管仲居然饶了那个曾经欺骗过他的人。

"先生原谅了那个人。但是，一定有什么更要紧的事，是先生绝对不会原谅的。"

聪慧的糯垣这样坚信着。

"很少有人愿意向行商之人低头。"

管仲没有多说，带着糯垣继续向西边进发。

阿僄在盟县迎接了管仲二人。

没看见货物和牛车，阿僄只见他们二人徒步前来，吃了一惊。听糯垣讲了来龙去脉之后，阿僄愤慨地说：

"都是因为温县县令疏忽治安，才让这些无赖横行霸道。主君定要重新巡察温县。"

他们三人下榻的旅舍中并没有鲍叔的踪影，鲍叔直到日落时分才回来。管仲拿出所剩不多的盘缠，说：

"做生意，难免会遇到这种情况。"

鲍叔从阿僄那里得知了事情的经过，但他脸上没有显出一丝不悦，反而爽朗地说：

"只要命还在，不论什么事都有挽回的余地。"

"我不打算继续行商了。"

管仲此时的表情充分显示，他是一个无论做什么都成功不了的失败者。

"哈哈，十分赞成。先生来帮我吧。等到深冬时，我们一起回郑都。"

鲍叔表现出的乐观态度中没有一丝讥讽，那是理解了别人的苦楚之后的乐观，他这样的为人处世实在是天性使然。在这一点上，管仲远不及鲍叔。

我太幼稚了——管仲十分厌恶自己性格中不成熟的地方。

"我可以帮你。但是，我不会再回郑都了。咱们在南阳找个地方，就此别过吧。"

在郑国，自己没有前途可言。

"先生要回王都继续待在召公家的家塾吗……先生的大才会被埋没的。"

"我别无他选。"

"有！比如留在温县，辅佐梁老先生。这样的人生不是更有意义吗？"

"梁老先生……"

管仲的叹息中微微透出一些无奈。

"有何不妥吗？"

"有……但是我现在不能说。"

"这样啊。既如此，去齐国如何？我明年举行加冠礼，要回齐国。"

"齐国……"

齐国乃偏远之地，东边只有汪洋大海。虽然齐国正在渐渐成为一个大国，但是地理位置不佳，齐国的繁盛也无法辐射中原地区。能够领导诸侯的君主必须是居于中原之人。

"我能去辅佐卫国君主吗？"管仲心想。

中原之地有影响力的诸侯国，除了郑国，便是卫国和曹国，这些都是姬姓之国。管仲不清楚卫国君主的人品才能如何，但是他有些想去卫国看看。

"齐国今后会有发展，而且对异姓之人没有偏见。"

鲍叔的话管仲并没有听进心里去。

"听闻鲍兄曾巡游西方。西方各国如何？"

"到处都很贫弱。土地不好，收成少而且不稳定，所以各国国力难有增长。只有一个虢国比较繁荣，可是虢公的声望并不高，与北边的邻国虞国交恶，又无法平定比虞国更北边的晋国的内乱，所以其实虢公并没能真正统率西方各国。"

管仲相信鲍叔的洞察力，轻轻地叹了口气。

"西边也无路可走了呀。"

"不错。齐国的土地神在召唤先生呢。"

听鲍叔这么一说，管仲苦笑了一下。被神灵所知却不为世人所知，因而无法立足于世间。知管仲者，唯鲍叔一人。但是，虽然只有一位知心友人，却也让自己的人生丰富了许多。应该这样想才对。

管仲想着，再次看向鲍叔。鲍叔身上有威信，那是天性使然加上后天努力打磨出来的。而且，他还有着未尝辛劳的贵族子弟所没有的不凡才能。活着就需要不断努力，管仲一直是这样认为的，鲍叔正好完美地阐释了这个观点。要说他们二人的不同，就在于所怀虚无感的大小和深浅。管仲身上有着可以淹没他自己的虚无感，让人想要自杀的虚无感，对一个人活下去有何益处？突然，管仲想到了梁娃。梁娃身上有着独特的强大力量，也许她可以帮管仲消除那无尽的虚无，而鲍叔身上没有这种需要借他人之力来克服的缺陷。

第二天，管仲开始和鲍叔一起行动。管仲主要考察了农业的现状，很快弄清了土地的优劣。即使是优质土地，谷物的生产也有很大的差别。造成这种差别的不是农耕技术，而是农业政策。当时还没有出现铁制农具，各县邑的农民没有能力开垦荒地，只能选择容易耕作的地方种植幼苗。最适宜进行农耕的土地都集中在黄河流域，黄河一带丰厚的农产为郑国带来了繁荣。对于那些土地条件不错却依然收成不好的地方，管仲对鲍叔说：

"可能是因为官府的农业生产指示不当。"

没有哪个农民是按照个人意图任意进行农耕的。稼穑是共同作业，播种的时候都是按照官府的指示进行的。

"各地县令无视收成不好的现实，按历年的份额向中央上缴赋税，此乃苛征暴敛，是把自己的失败转嫁到了农民身上。"

鲍叔理解得很快。管仲接下来的言辞变得有些激烈：

"自己亲眼瞧一瞧，马上就能知道这些，可为政者和君主却不愿也做不到。只要有准确的调查报告，即使在国都的宫殿中，也能一边享受酒色一边了解下面的情况。"

"确实如此，但是没有哪个君主这样做。"

一国之君如果想在宫殿中啜饮美酒、环抱美人的同时，还能掌握边陲之地的民情，就需要先改革国家机制，彻底抛弃旧弊，引入新制度。国中除了公室直辖的领地，还有大夫的领地。大夫在遵循国法的前提下，按照各自的家法治理辖地。对君主来说，大夫领地的民众实情是不透明的。准确地说，大夫的食邑其实全部由县令管理，大夫自己也不清楚领地的实情。不仅是国家，但凡组织都是无法从最高处看到最低处。然而不可思议的是，从最低处却并非望不见最高处。所以，真的想要改善一个组织，只需要到最低处看一看，瞬间就能找到改善的方法。

"齐公是一个怎样的主君？"

管仲口中问着，抬眼望向天空。天空一片澄明，看样子夏天就要过去了。

"我只能说，是一位重情的主君。"

"太公望为人寡情。很少有人懂得，寡情也正是无限的深情。志向有高有低，高高在上的天空却看似虚无。所谓重情，其实意味着齐公的志向并不高远。"

鲍叔没有答话。

他们一行四人从盟县继续向西，而后北上，途经樊县来到了原县。

原县城门里，三名衙役正小心地留意着过往行人。他们见到一行四人和牛车，马上用眼神互相示意，简单地交谈了几句，然后喊住了正要通过城门的一行四人。准确地说，他们叫住的是鲍叔。

"是鲍大人家的公子吧……"

衙役的语气并不咄咄逼人。鲍叔在原县的衙役中并无相识之人，他们应该也不知道郑太子命他前来巡察，所以鲍叔有些犹豫，不知该如何答话。

"果然是鲍公子，请同行的诸位也一道过来。"

其中一个衙役先行快步离开了，余下二人引着鲍叔及其他三人来到官府前。拦下鲍叔，他们的衙役只带鲍叔一人进了门。阿僄不安地看向管仲。

"风的势头不错，这是吉兆。"

管仲沉稳地说。

不久后，官府门前来了一驾马车，鲍叔出来看到，像是责备衙役思虑不周一般是说：

"马车的数量有些不够……"

衙役虽然殷勤地低头认错,却并没有再准备一驾马车。鲍叔的眉宇间生起一股小小的怒气,他让阿僄牵着缰绳,对管仲说:

"我有急事要赶回郑都。抱歉,先行一步。"

管仲面不改色,坚定地说:

"这牛车我带走了。不过,我不回郑都。"

鲍叔听了一皱眉。

"先生要去哪里?"

"哈哈,我先去齐国了。"

鲍叔展颜,拍手大喜。

"先生乘牛车,我乘马车,我一定能赶上先生。"

鲍叔语调轻快地说罢,驱车出发了。他是奉了郑太子的急诏。

"出什么事了?"

鲍叔决定不去思考这个问题。因为不论发生了什么,只要管仲决定去齐国了,自己就一定也要回齐国,所以他的心中没有半分犹豫和恐惧。

秋凉时分,鲍叔抵达了郑国都城,到了之后他直奔东宫。写在木简上的调查报告量非常大,由官吏负责搬运。太子见鲍叔前来复命,微微一笑。

"我郑国要失去一位有才之士了。齐公的使臣已经等得不耐烦了，你回齐国吧。"

太子只说了这一句，没有多言，却莫名地透出一种失落。鲍叔垂下了头。虽然他是带着回齐国的打算回到郑都的，但是想到要就此离开太子，不禁心中一痛，胸口很闷。等他再睁开眼时，眼中已然噙着泪花。太子没有直视他的眼睛，脸侧向了一旁。

鲍叔退出殿外，暂且抛开心中的感伤，来到另一个房间，见到了齐僖公的使臣。使臣告诉他：

"奉君上之命，特来迎接鲍公子回国。"

使臣也没有多说。他们正要离开东宫时，突然跑过来一个官吏，拦住了鲍叔。

"太子宣鲍大人觐见。"

这时，太子已经离开座席，正在认真地读着鲍叔的报告。听到鲍叔进来，他连头都没抬，忙招手唤鲍叔上前，急着问道：

"这篇文章，是你写的吗？"

"是的。"

"这里呢，也是你写的吗？"

太子用手指着报告书上的几处，那几处的字迹明显不一样。

"关于农业现状和农政的调查以及改良建议，是管夷吾写的。他写的内容精准，臣不曾修改。"

鲍叔毫无掩饰地答道。太子听了，发出一声叹息。

"父亲派出的巡察使也做不到这样细致。寡人早就知道你才学俊逸，却忽视了管夷吾。他现在在哪里？"

"已经前往齐国了。"

太子的双眸之中露出坚决之意。

"孤要召他前来。"

"臣惶恐，但管夷吾恐怕不会领受太子殿下的召见。如果这样的话，只会让殿下不快，对管夷吾来说也是困扰。"

"你是说，他会违抗宣诏？"

"事物各自有其时宜。管夷吾还在郑都的时候，殿下为何不曾厚待于他呢？"

"住口——"

太子不悦地扬起了下巴。

"臣并非要责怪殿下。也许只有上天才能发挥出管夷吾的才能，我齐国国君也未必能用好管夷吾的大才。届时，殿下再召他前来也不迟。"

鲍叔的言下之意是管仲未必会留在齐国，太子可以等即位之后再召他回来。

太子沉默着，似乎不打算再开口。鲍叔默默地行了一礼，离开了。回到家，鲍叔见到一驾马车，当然，这是太子所赐。

"我要与齐公的使臣一起回齐国了，你可以把母亲从祭县接来，再一起来齐国。垣儿已经随管仲先生往齐国去了。"

鲍叔对妻子檽叔这样说道。而后，他对阿僄和京羔说，这边就交给你们了。随齐僖公派来的使臣一起回去的除了鲍叔，就只有贝佚一人。

"白纱姑娘好像在贝佚大人家中，到时我们一起去。"

檽叔是在暗示白纱已经是贝佚的妻子了。顽固的贝佚终于还是被白纱说服了吗？鲍叔感受到了白纱那近乎执念的坚持，说道：

"为了贝佚，也理应如此。白纱会是一个好妻子的，她很有远见，如果你有什么想不通的事，可以找白纱商量。"

白纱把自己放在贝佚的未来里，她一定看到了非常美好的希望吧。

"贝佚大人愿意辅佐主人吗？"

檽叔不想与贝佚和白纱分开。

"贝佚是我父亲的臣下，不是我的。不过，我会去求父亲的。"

说服别人的能力，鲍叔也有。

从郑国都城到齐国的临淄，徒步需要四十多天。当然，乘马车赶路用不了一个月。

"国君急召我回去是为了什么事？"

途中，鲍叔向贝佚问道。齐僖公派来的使臣对国君的命令只字未提，事实上，使臣可能确实并不知情。贝佚根据仅有的一些信息，加上自己的推测，回答道：

"可能是为了太傅的事。"

"太傅……我吗？"

他们回到临淄两个月后就要过年，过了年，鲍叔就要成年了，但仍不到可以教导年幼公子的年纪，通常应该是更为年长而且经验丰富的人来教导公子。

"太傅的人选还是年轻的好，小孩子不会愿意跟着一个老人家学习的。"

"公子还很年幼吗？"

鲍叔对齐僖公的公子们可以说是一无所知。

"君上的长子已经成年，次子与长子相差十岁左右，下面还有一个最小的公子，好像还不到十岁。"

"那么，所谓太傅，是指太子的弟弟的老师了？不论做哪位公子的太傅，我都只能退居陪臣，对吧？郑太子替我推拒了这件事就好了，我不想回齐国了。"

这是鲍叔的真心话。在公室分支的公子家中做家臣，对于鲍叔来说未免过于寒酸。鲍叔明白了国君的命令，非常失望。

"我刚刚话里说的虽然是太子，但其实国君还没有立储。"

贝佚这话让人意外。

"向来不都是立长子为太子吗？"

"这位长子的处境有些尴尬。他可能曾经是嫡子，但现在却被视作庶子一般。"

贝佚的话令人费解。这里需要稍微解释一下。

齐僖公乃齐庄公（购）之子，但并不是太子，庄公的太子名得臣。庄公长寿，在位六十四年，其间太子得臣亡故。并非太子的僖公因为兄长的死，意外地坐上了国君的位置。通常，并非太子的公子迎娶的女子也都出身不高，僖公的夫人自然也不例外。僖公当上国君前娶的夫人育有一子，名叫诸儿，是僖公的长子。在僖公当上国君后，可以迎娶其他诸侯国的公主，而且从与诸侯国间的交往来看，他也不得不再娶。于是，僖公先后迎娶了鲁国和卫国的公主。夫人的地位是由其娘家出身的高低决定的，之前的正夫人被其他两位夫人后来居上。相应地，长子诸儿的地位也岌岌可危。正是这个时候，僖公把诸儿作为质子送到了郑国。建立同盟关系之后，一般都要交换质子。新夫人们尚未有子，所以质子只能是诸儿。这样一来，宫中就陷入后继无人的状况，而僖公把目光聚焦到了某个人身上。

僖公有一个胞弟，名叫夷仲年。他非常疼爱这个弟弟。夷仲年有一个儿子名叫无知。

僖公不仅给了夷仲年高官厚禄，而且说：

"无知就如同我的儿子一样。"

僖公对这个侄子寄予了厚望。虽然不久之后，新夫人们相继得子，但僖公对无知的厚待半分未减。僖公应该是有意收无知为养子的，同时，他也渐渐打消了将诸儿接回来的想法。可以想见，他对诸儿生母的宠爱日益淡薄。

对诸儿来说，在郑国的日子并不好过。郑国的公子们苛待他，让他极其渴望回到齐国。他尝试了各种各样的办法，终于逃出困境。终其一生作为人质，最后客死异乡的公子不在少数，所以诸儿的运气还算不错。不过，回到齐国后，他所面临的局面十分悲惨。不仅有堂弟无知高高在上的睥睨，自己的生母还被贬黜了。现在居于正夫人之位的，是公子纠的生母鲁国公主，而公子小白的生母卫国公主次之。有传闻说，"公子纠或公子小白会是下一任国君"。

真是了无生趣的国家啊——诸儿的心情沉到了谷底。在悲凄的境遇中，他作息混乱，生活也开始淫乱起来。他把同父异母的妹妹文姜当作发泄欲望的对象，也是因为他那颗孤独寂寞的心强烈地渴望被安慰吧。文姜丰韵早熟，没有把这个从小不曾在一起生活且同父异母的兄长看作血亲，而是将他当作一个有魅力的异性来看待。他渴望自己的肉体，她便奉上了还未成熟的自己，成了诸儿很好的倾听者。诸儿那已经冷透了的心竟然意外地被妹妹的身心温暖。然而，作为诸儿精神依靠的文姜却要被远嫁给鲁桓公为妻。

"我恨鲁公。"

诸儿咬牙切齿地发狂，地板都要被他踏破了。文姜号啕大哭，泣不成声地说：

"兄长当上国君之后，请召我回来。"

诸儿紧紧抱住文姜，怒吼道：

"一定！我要杀鲁公，灭鲁国，救你回来！"

这是齐僖公二十二年（鲁桓公三年）的事。鲍叔踏上回齐国的路途，是僖公二十五年，所以这是三年前发生的事了。此时，嫁给鲁桓公作正夫人的文姜已在这年九月产下一子，名同。

同公子是文姜嫁给鲁桓公三年之后出生的，但依然有传闻说那是她与诸儿的私生子。同公子被身世传闻所扰，幼年时期一直过得十分困苦。

鲍叔对公室内的秘事一无所知，但他从贝佚的话中也察觉到了其中的复杂。

"处事暧昧的君主算不上是明君。"

"恕臣无言以对。"

贝佚避开了这个话题。

"包括无知在内，齐国国君有四个后继者的人选。埋下了这颗祸乱的种子，不知道以后会怎么样。"

贝佚垂下了眼。群臣所担心的也正是如此。

"人真的是不可思议。小孩子都懂的道理，君主却不懂。我是不是也做过什么你不能理解的事，自己还丝毫不知反省？"

鲍叔盯着贝佚的脸。

"不等鲍大人许可便迎娶檽叔作正室，还与管先生一起行商，这些都是别人理解不了的吧。"

"这样啊，原来如此。如此想来，主君也有一些只有他自己才清楚的理由吧。我没有资格评判别人。"

"公子言之有理。"

贝佚抬起眼。他有可能是鲍叔的庶兄，鲍叔的父亲身上可能也有一些不足为外人道、容易遭人误解的秘事。

鲍叔一行人进入卫国地界后，每停留一处，鲍叔都派贝佚去打探管仲的消息，但是一直不见牛车的踪影。

"马车不会追不上牛车的……"

鲍叔不解。他找不到管仲是理所当然，因为管仲和檽垣早已把牛车变卖了。他们乘坐商贩的小船，随货物一起渡过济水，下船后越过时水向临淄进发时，鲍叔已经到了临淄。鲍叔是被王命召唤回来的，所以不能直接回家，而是直奔齐国宫室。是日，鲍叔见到了僖公。

"你才学俊逸，寡人已经从郑太子那里听闻。明年春天，等你加冠后，就在国中待命吧。"

僖公只说了这些。而且不是僖公亲口所说，而是近旁的侍臣代宣的。

我被糊弄了——鲍叔想着有些生气，他抬起头，铿锵有力地说道：

"臣有一个请求。如果君上不允，明年春天臣要再次离开齐国。"

"稍后再说，退下。"

僖公的近侍斥责了鲍叔的无礼，而鲍叔的眼睛直直地望向齐公。臣子是不应该以目直视主君的，如果有话想说，要朝着左右侍臣讲才合规矩。

"臣适才说，想请主君听臣所求。如果臣现在退下，君上何时会再听？现在君上在此，为何要稍后再说？稍后，臣已身在他国，君上要再派人来听臣所言吗？"

僖公的近侍被鲍叔言语间的锐利触怒，恫吓道：

"你打算无视主君的命令吗？再敢无礼，定不饶恕。"

然而这时，僖公微一抬手，终于开口：

"你所请之事，说来听听。"

这位国君已然年迈，声音低沉。

鲍叔马上低头行礼，报出了管夷吾的名字。鲍叔直言陈述道，郑国太子曼伯认可管夷吾的非凡才干，打算召他过去，但是被阻止了。他将管夷吾这个伟才带到了齐国，如果齐公不能厚待管夷吾，他一定会投奔他国，而管夷吾的去留事关国之利害。鲍叔还表示，如果管夷吾不能在齐国得到重用，自己也会随管夷吾一起离开。

"原来如此，还真是一个无礼的请求呢。"

僖公微微一笑。近侍瞪圆了眼睛怒视鲍叔。但是鲍叔认为无礼的是他们，对自己的理直气壮毫不掩饰。

"如果臣加冠后，管夷吾还得不到君上的任命，臣就要再次出外游学。"

这可以说是在恐吓国君了。要是换成旁的君主，定会生气责怪后生小辈年轻气盛，然后把他逐出殿外，僖公却只是加深了笑意。

"夷吾，是你的学友吗？"

僖公的语气没有任何变化。

"此人生于颍上，师从召公，是召公门下高徒，于臣而言亦师亦友，他的年纪还不到二十五岁，如果这样的人不是天才——"

"好。寡人愿意授予管夷吾官职。这样一来，你也无须再去游学了吧。"

"谢君上隆恩——"

鲍叔一边怀疑自己的耳朵，一边兴奋不已，紧绷的身心终于放松了下来。僖公亲口说授予管仲官职，一定不会有假。想到一直漂泊无依的管仲终于迎来一丝曙光，鲍叔险些落下泪来。

鲍叔从殿上退下后，僖公的近侍立马表示出愤慨不满，大骂鲍叔厚颜无耻也该有个度。僖公却说：

"他的请求并不是为了利己。愿为他人请福的人，适合做公子的老师。管夷吾之名寡人从召忽那里也听过，想必定是出众的人才。"

僖公言罢，命近侍安排日子面见管仲。

有风东来

在见到鲍叔之前，鲍敬叔已经听过贝佚的汇报，所以心中甚是不悦。

鲍叔尚未成年便先娶了妻，而且嫁娶之时并无媒人，几乎与野合无异。这绝不是大夫之子应该做的事。

"因为是郑太子的授意——"

贝佚解释道。贝佚为人沉毅，不会撒谎，所以郑太子将自己尚未染指的女子赐给鲍叔一事应该是真的。但是这里不是郑国，是齐国，没有必要忌惮郑国的太子。

"应该不是正妻，是妾。如果只是妾室的话，就姑且放他一马。"

鲍敬叔在心中暗暗决定，鲍叔的正妻无论如何都要从贵门迎娶。

贝佚报告完毕，将鲍叔交给他的文书呈了上来。这是鲍叔在归国途中写的，可以算是他的游学见闻录，篇幅相当长。鲍敬叔一脸不悦地将文书接了过来，慰劳了贝佚几句便让他退下，然后带着沉郁的心情开始看这份文书。这一看，他不由得一惊。文章中详细地描述了周王室的内情和诸位王臣间的龌龊，以及郑国的后继者和内政外交上的问题等。关于王师与郑国激烈交锋的繻葛之战，鲍叔也在文中明确地指出了两军战略上的优劣，这些分析本身就足以证明鲍叔具有成为一名良将的潜质。

"看来叔牙并未沉溺于游乐。"鲍敬叔心想。

鲍敬叔继续凝神读了下去。文中详述了中原农业、商业、工业的现状，并指出了需要改善的地方，但是这些地方都标注着"据管夷吾所言"。比如，文中写道：

> 粟也者，民之所归也；粟也者，财之所归也；粟也者，地之所归也。粟多则天下之物尽至矣。

后面还写道：

> 粟者，王之本事也，人主之大务，有人之涂，治国之道也。

这些似乎是那个叫管夷吾的人的一部分观点。贝佚汇报时说过，管夷吾是召公门下高徒，曾经行商，是一个奇人。这个人的思想是彻彻底底的重农主义。

"中原诸国都可只将农业放在首位，但对于我齐国来说，这行不通。"

鲍敬叔喃喃自语着。管夷吾谈天下、论国君，满是豪言壮语，言辞之间气宇恢宏，鲍敬叔不禁有些好奇，他的这份高远之志是不是仅限于口头。齐国的土地不适宜用于农耕，管夷吾对此又会作何感想呢？

"我想会会这个人。"

鲍敬叔能有这样的感想，可见他作为齐国大夫也并非寻常之人。

鲍叔到家时见到的父亲，已经不似先前那般心情不悦，鲍敬叔已经收拾好了自己的情绪。

"待孩儿加冠后，君上将会有任命。"

鲍叔回禀道。

"嗯，君上之命大约是让你做公子的太傅。君上可曾言明是哪位公子？"

"不曾。"

"这究竟是什么用意呢……"

鲍敬叔觉得君上可能还在犹豫，不过鲍叔却并不在意这些。他向父亲讲了自己游学的经历，并深谢了父恩。所有经过都写在报告书中了，所以鲍叔言简意赅，没有多说。

叔牙长大了——从言谈间可以察知，鲍叔身上的那分伶俐在游学中得到了打磨。鲍敬叔眼眸半睁地审视着自己的儿子，时不时点点头，在听鲍叔提到糯叔的名字时，他眉头微微一动，但未发一言，像是在沉思一般。鲍叔报告结束后，鲍敬叔终于开口。

"那个叫管夷吾的人,现在在哪里?"

"他已经到了齐国,应该正在来临淄的路上。刚刚忘了回禀父亲,君上还说要召见管夷吾。"

"你的动作倒是快。"

鲍敬叔苦笑了一下。想必鲍叔觐见僖公的时候已经顺便把管仲"推销"出去了吧,僖公这是没有亲眼验"货"便买下了。

不过,僖公也并未虚长这许多年岁。他不曾奢望过君主之位,只是因缘际会才得以上位。所以,他认为人会自然而然地去到他该去的地方。

僖公性格沉稳、不争抢,国政也好家政也罢,都不强求,从不曾表现出一丝想要夺得天下的野心,他更喜欢自然而然的状态。这样的君主在待人接物上所重视的地方,自然与旁人不同,当他用寡欲的眼光审视别人的时候,另有一番严格。鲍叔既非宠臣又尚未成年,此次游学归来即大胆地向君主推荐人选,本是不该如此轻易就被接受的。僖公之所以明言答应重用管仲,肯定另有缘由。

"好,叔牙,我鲍家的家业由你的兄长继承,今后你要辅佐兄长,照料家中事务。不过你既已领了君命,就应该全身心地侍奉公子,为父会给你在外另建府第。府第建好之前,那个叫檽叔的女子可以暂且留在家中。不过,檽叔只能是妾,正妻必须从大夫之家迎娶,此事不容你反对。婚仪之事,全权由为父安排。"

鲍敬叔的语气中满是为人父的威严,像是要堵住性格刚介的鲍叔心中的不满。这对父子向来是话一出口就不会听对方的意见,且一定会坚持到底。他们深知自己的习惯,对彼此都有所忌惮,所以鲍敬叔才这样先发制人。

叔牙会作何回答呢?

鲍敬叔目光炯炯地看着鲍叔。令人意外的是,鲍叔保持着冷静,只说了一句:

"听凭父亲安排。"

便退出去了。

这孩子这次怎么这样听话?难道是鲍叔对糯叔的感情已经淡了?抑或是鲍叔碍于父亲的颜面?无论如何,鲍敬叔本以为鲍叔会对此事表示不满,但他却一口答应婚仪之事听凭自己安排。鲍敬叔因此心情大好,对自己的夫人说:

"等叔牙加冠后,就为他操办婚事吧。"

与此同时,鲍叔回到自己房中,脱下外衣,不出声地笑了笑,而后喃喃自语道:

"糯叔是我的城池。无论何等强敌来袭,如果我不能全力守住自己的城池,就枉为男儿。"

外面吹起了寒风。

管仲和糯垣到达临淄了。

这是一个充满活力又略显杂乱的都城，显然与王都和郑国都城的清平繁荣不同。这里有着世俗的喧嚣和百姓的盛炽气息。

"这个都城好是脏乱。"

糯垣拧眉如此，感叹也可以理解。路旁，一些身份不明的男子围着火堆聚在一起，还有一些摇着骰子沉迷于赌博的人。路边堆积成山的废物时不时被风吹散，道路的状况也很差，到处坑坑洼洼，马车的轮子一旦陷入坑中就必然被困住，动弹不得。

而且这里异常地冷。

如果下起雨，那一定是冻雨，比下雪还要冷。

"我来到东方的边陲之地了。"

管仲心里也很冷。

他站在鲍家大宅的门前，抬头望了望天空，天上的云流动得很快。

"我在这个国家可能也不会久留。"

将糯垣还给鲍叔，然后再次上路，这样的自己就如同头顶的流云。云不知会在何处消散，自己也是如此吧。

他们向门房报上了姓名，片刻后，旁门里传出了鲍叔的声音，只有这道声音是冬日中的一点温暖。听到鲍叔的欢声，见到鲍叔的笑颜，管仲全身心地感到：这是一个了不起的男子。

难道不是吗？迎着管仲走过来的鲍叔一点都没有变。陷于贫困的深渊也好，立于富贵的顶点也罢，无论境遇如何，鲍叔对管仲的态度都不曾改变。

"好快啊，我还以为先生要十日后才能到。"

"我们变卖了牛车，改坐了船。"

"原来如此，管先生果然是谋略家。"

这次鲍叔吃了管仲一招出其不意，日后又同样还之于彼，但是这个时候，还没有人能预见未来。鲍叔慰劳了檽垣几句，引着二人进入宅内。

"垣儿，虽然你可以一生都把管先生当作老师，但是从今日起，你要留在我身边。"

鲍叔严肃地说。檽垣忙抬起头，眼神中流露出些许落寞。这一场旅行结束了，以后不会再有这样的旅行了吧。

管仲没有流露出任何感情，到客房坐了下来。鲍叔把檽垣安排在另一个房间，而后马上来到管仲的房间，进来时，管仲都还没来得及脱下外衣。

"稍后我会向君上回禀先生已经到了的事。数日内就会有宣召，君上已经答应让先生辅佐公子纠。"

"哦——"

管仲眼神中带着询问，微微一笑。

"是我举荐了先生，此事不假。但是在我之前，还有人也推举了先生。"

"齐国应该没有其他人认识我吧……"

"有一个，是召忽。召忽现在是公子纠的太傅。"

僖公为了挑选教导公子纠的人选，特意请召公举荐。齐国公室与召公家之间，自太公望和初代召公姬奭时就结下了深厚的情谊，带着召公的推荐信来到齐国的人正是召忽。僖公察知召忽的学识品德可谓真善美的典范，马上任命他为公子太傅：

"请善为教导吾子。"

公子纠身上没有半点公室子弟的气度，但他跟在召忽身边学习之后，开始慢慢地表现出得体的举止。僖公对此十分满意，召忽于是马上趁机推荐了管仲。

"殿下的德行气度日渐出色，考虑到将来，殿下左右可用之人越多越好，臣知道一位堪为殿下良佐的人选。"

后来，召忽得知鲍叔回到了齐国，便亲自登门拜访，为之前的事道歉，他很后悔曾经因为白纱的事而欲加害鲍叔。召忽的这一做法令人刮目相看，他应当并不知道，当初在杂草地里救下鲍叔的贵人是郑国太子，鲍叔也没打算讲明。

他竟是如此胸襟开阔之人——鲍叔非常意外。其实召忽与鲍叔是同一类人，他们都在理性之余不失感性，而且心中有着同样的向往。别人看不到管仲的非凡才干，他们二人却能看到。但是，身边有一个与自己非常相似的人并不是一件令人愉快的事。

"我想把管仲也叫过来。"

召忽异常热心。同样的热心鲍叔也有，但他只是对召忽微微点头，没有告诉他管仲马上就要到临淄的事，而且鲍叔还有一些困惑。召忽的热情浇灌出一个梦想。公子纠比预想中要上进，这让召忽十分感慨。他跳过了"如果这位公子能成为君主……"的步骤，已经在心中坚信公子纠一定能登上君位，所以说这是一个梦想。梦想固然美好，但是在不了解内情的旁人看来，这就是妄想。退一步说，即便僖公私下对召忽透露过"寡人要立纠儿为太子"的意思，只要没有像高氏和国氏这样手握齐国权柄的上位大臣做见证，私下说的话也只不过是私下说的话，不具有任何现实效力。现实是，齐国的继位问题不容大意。梦想如果不能在现实的土壤中播下种子，就无法结出美丽的花朵。

另外，鲍叔的梦想已经被打碎了。他回国的时候本来想着，如果自己要做公子的太傅，那就叫上管仲一起，可是如今管仲要被召忽抢去了，鲍叔自己还不得不给风评远远不如公子纠的公子小白做太傅。

"情况大抵就是这样。"

鲍叔毫无掩饰地对管仲讲明了严峻的现实。

"如此一来，对你我而言最佳的做法，就是我去觐见齐公，请齐公任命先生做公子小白的太傅。"

"恐怕不会这么顺利。"

听了管仲的话，鲍叔心中有些苦涩。可以说，召忽把鲍叔的计划都打乱了，不过他并不记恨召忽。召忽的自尊心相当强，绝不是轻易向旁人低头的人，但他主动来找鲍叔为之前的事道歉，这让鲍叔很是感动。召忽在召公门下时，一刻不曾放松对自己的要求，无论是学问还是武学，都在不断地磨炼自己。现在的召忽好像变了一个人，这也说明了他对自己的磨炼超乎常人的想象。说白了，鲍叔就是欣赏这样的人。只要不是富贵之家的嫡子，将来都需要自立门户，年轻时努力钻研得到的成果，要比年老后再努力得到的多得多，没有年少时的积累，成年后便不可能成大器。只有以超乎寻常的努力取得常人眼中的成绩，并且在努力中感到空虚的人，才是真正的非凡之人。那种空虚只有付出了超乎寻常的努力之人才能感受到，而他们也会由此形成超乎寻常的非凡人格。

召忽就是这样的人，或许鲍叔也是，而管仲从心底觉得自己比不上这二人。尤其是鲍叔，他把功夫下在日常的每一天，他坚信日常生活是创意源泉，并一直这样践行着。鲍叔鲜少承认别人比自己强，而他一旦认可，便会全心全意地尊敬那个人，他也是因此殷切地希望可以一直相伴管仲左右。换言之，对鲍叔来说，比起美酒美色，与管仲在一起更为惬意，而鲍叔心中最大的快乐终于快要实现了。

"我还是不去觐见齐公了,直接离开吧。"

听管仲这么一说,鲍叔心情越发沉重。

"不可。"

他只说了这一句,便驱车前去向僖公的近侍报告管仲已经抵达的消息。

是夜,鲍敬叔设宴款待管仲。

"听闻先生一直在教导小儿。"

鲍敬叔以鲍叔导师之礼接待管仲,他自座席上起身,膝行至管仲身旁,亲自敬酒。

这对父子很像——管仲不由得这样想。夸张一点地说,这父子二人的音容笑貌简直一模一样,举手投足之间也是。他们身上都带着点洒脱。

这个家的关系非常和睦——管仲这样想着,心里涌上一阵羡慕。像这样家中有父亲岿然在座,定然不会出现颓弛之感。管仲虽然与兄长关系不睦,但父亲尚在世时,家中的龃龉并不明显,家族的根基也没有动摇,那时家对管仲来说,也还不是一个令人痛苦的地方。如今,管仲的血亲只有母亲和弟弟,巡游南阳时攒下来的钱都给他们寄到了颍上。他是拜托温县富贾梁庚帮他寄送钱财的,这件事他没有告诉鲍叔,不过慧敏如鲍叔,想必也已经猜到了。他们行商时所赚的钱几乎被管仲独占了,只要重新计算一下收支马上就能查清,但是鲍叔表现得好像并不知情。

鲍叔从不曾用"这家伙真贪婪"的眼光看待过管仲，也或许是鲍叔曾告诫自己，不曾为钱财所困的人不可以蔑视为钱财所困的人，而这都是一家之主鲍敬叔的为人处世在潜移默化地影响着自己的孩子。不过，鲍叔这份巨大的好意已经成了管仲的心理负担。管仲不得不承认，在人格的较量上自己输了。与鲍叔在一起，管仲就会一直输下去，而在另一个层面上鲍叔也会一直输下去。应当寻找一件他们二人都能一直双赢的事。

"一起辅佐公子小白，真的是良策吗？"

当管仲这样思索的时候，鲍敬叔向他问起了对齐国的感想。

"这里的土地缺乏生产力。"

管仲答道。这正是鲍敬叔想听的。

"国力高低有赖于国民的数量，也有赖于农作物的产量。齐国土地不佳，务农的人数少。这样一来，齐国的国力很难有所增长。"

如果自己的国家生产力低，想要谋求发展，最快的方法就是侵略他国。事实上，齐国正打算进攻邻国纪国。鲍敬叔也认为齐国要想发展就只有这一条路。但是，一切依靠武力的话，齐国就与那些蛮夷之国无异。只有凭借文明的力量让国力得到发展，才能堂堂正正地成为一个被周王认可的诸侯国。所以，鲍敬叔的这一问中其实还包含着另一个问题：除了侵略，有没有什么其他可以提高齐国国力的方法？

当然，管仲给出回答时领会了鲍敬叔的这层深意。

"这次去南阳巡游，我发现曹国以东、鲁国以南盛行养蚕，生产出来的生丝被大量运到了南阳。南阳商贾得以贱价购入生丝，是因为生丝有剩余，且购入总量远远低于生丝的产量。"

管仲一开始说，鲍叔就把耳朵竖起来。他明明是与管仲一起巡游南阳，却不曾注意到生丝的集散情况。

管仲继续说道：

"正如大夫之家都有自己的织造室，各家各户的百姓家中也有妇人负责针线活儿，因此中原各处的人家都能保证衣物的自给自足。但是，从制丝到剪裁整个流程都能独立完成的人家却很少。那些没有织造室的蛮夷之地也需要衣物。这样算起来，中原应该还需要百万人口的成衣。可是，制丝的人家却在放任卖不出去的生丝烂掉。"

鲍敬叔不由得坐得离管仲更近了一些。他已经知道管仲要说什么了。

"在齐国，不能务农的男丁都在游手好闲。针织是妇人的工作，这并不是既定的规矩，只不过是因为男人负责狩猎和务农，自然而然地形成了这样的局面。其实，大可以把那些闲散男丁召集起来，让他们从事织造业。"

"原来如此,也就是说要打造专门从事织造生产的人户,对吧?"

"正是。将这些专门从事织造生产的人户聚集在一处,形成专门的织造区,生丝不需要他们各自采购,而是统一大量购入。制丝的人自然乐于优先卖给大量购入生丝的齐国,销往南阳等中原各县的丝量就会减少。这样一来,他们用高价购入生丝制成的衣物自然敌不过齐国用低价购入生丝制成的衣物。慢慢地,大家会发现,买齐国生产的衣物反而比自己做更合算,齐国的衣物就能独占中原市场。即便他国也看到这个好处,建立起同样的生产体系,想要追上齐国也至少需要三十年。"

"妙哉!"

鲍敬叔笑着说。鲍敬叔心中的震惊不断加深,同样地,鲍叔也是既震惊又钦佩。打造专门的工业区,在此基础上整合都城的区划,这是之前任何一位为政者都不曾提出过的想法。通过增加从事加工业的人数来富国,这更是君主和大臣们想破头也想不到的点子。

管仲也莞尔一笑,说道:

"齐国好像有一首诗是这样说的。"

不能辰夜,不夙则莫。

无论昼夜都无法安心，就算早上没有君命，晚上也肯定会有。这是这句诗的本义，但管仲在此加以引申，改为：

若不尽早，便是迟。

有什么想法的时候，如果不能即早实施，就会落于人后。他这是在委婉地警告呢。

但是，鲍敬叔没有表示认同。

实现管仲的想法需要大规模地改革区划，需要制定支持工商业发展的体制，但是没有哪个大臣可以迅速理解并着手实施这些。大臣们必然都认为维持旧制为好。

"不夙则莫……"

鲍敬叔微微地叹了口气。

"不错。看到别人的成功之后，自己也想取得同样的成功，这就已经迟了三十年。靠一代人是追不上的，需要两代人的努力。不过已经成功的人会慢慢变得不再努力，后来者便可以居上。所以成功的人如果真的想成功，应该在取得成功的那一刻起，就想着后面已经有人在追赶自己了。于国于家，乃至个人，都是同样的道理。"

管仲神色平静地说着。

"这个人懂得这些却没有成功，又是何道理呢？"

鲍敬叔内心深感不解。这个名叫管仲的男子并不喜欢闲聊，他说的始终是尖锐的批评和有建设性的意见，就连鲍敬叔都觉得自己无法评价如此大才，对管仲全然地拜服了。除了齐国，管仲还一一指出了各个诸侯国的积弊，甚至对周王室的存废提出了疑问。从某种意义上看，这是一个相当危险的人物。

批评总是包含着否定，而建设往往要以破坏为前提。管仲也谈到了传统，但并不是我们平常所说的传统，而是从重新审视天意和天命出发的传统。简言之，管仲认为，周王已经渐渐无法造福国民，那么他真的还应该继续统领诸侯吗？这符合真正的天意吗？

宴后，只剩下鲍叔父子二人时，鲍敬叔罕见地夸赞了鲍叔，他说：

"幸而管先生没有去做郑太子的谋臣。要是郑国得到了管先生，将来各国都要落后郑国三十年了。把管先生带回齐国，就是叔牙你最大的功劳。"

鲍叔听了，脸上不见喜色，反而表达了自己的担心。

"管先生还没有决定是否留在齐国。区区公子太傅之位，他会满意吗？"

"君上年事已高，应该是想把齐国的改革交给下一代，所以君上即使注意到了管仲的大才，也不会把他招为近臣。在我国中，属国氏和高氏二卿的势力最盛，其实相当于一国之中有三主。君上为了增强公室势力，有意地强化支持公室的力量，所以才会特别宠爱夷仲年殿下的子嗣。"

"原来如此。"

鲍叔听了父亲的话才弄懂了种种现实。齐国公室贫弱，公室族中只有僖公的胞弟夷仲年独得高位，但是夷仲年一家在齐国臣民中的根基不稳，一旦僖公与夷仲年不在了，在国氏与高氏的压迫下，夷仲年家肯定会一步步走向衰弱。僖公迟迟不决定太子的人选，也有牵制国氏和高氏的意思。如果僖公在国氏和高氏的压力之下决定了太子的人选，那么改朝换代之后，局势也不会有任何改变。

君上正在做一件很危险的事。

从另一个角度来说，确实如此。不受国高二卿拥戴的君主是坐不稳君位的。比较稳妥的做法是尽早决定太子的人选，然后委托手握实权的国氏和高氏二人加以辅佐，但是僖公显然并不想这样做。如此现状，未来将会如何发展，谁也无法预料。但能够确定的是，不论僖公的哪个儿子继承君位，其他几位公子和夷仲年的儿子都会位列参政之席，与国氏和高氏一起辅佐新君，这便是僖公心中所构想的未来朝堂格局。

鲍叔不是一个梦想家，他觉得这很难。

僖公想要做的不仅仅是对外改革，他还打算重新构筑国中的内部势力结构。要想完成这个蓝图，就需要他足够长寿，至少还得再活十一年，否则他等不到幼子小白成年。如果僖公能活到小白三十岁，齐国也许会发生一些变化。但是，在那之前的岁月中，齐国的国民将被置之不顾。

鲍叔叹了一口气，那也将是一段管仲不受重用的岁月。

不夙则莫，这句话在鲍叔的心中慢慢变得沉重了起来。

数日后，管仲前去觐见僖公。回来之后，他说：

"我要离开这里了。"

鲍叔一惊。不过管仲并不是要离开齐国，据说僖公已经为他准备好了住所。更让鲍叔吃惊的是，僖公从公室直属的领地中划出一部分，赐给了还不足十岁的公子纠，让他在那里作为公室族人自立门户，而公子纠家中的事务都交由管仲负责。所以，管仲正式成为公子纠的管家。

鲍叔虽然因为管仲留在齐国而松了一口气，却也无法感到开心。

"先生愿意留在齐国，我心甚慰。只不过这样一来，从某种意思上说，公子纠便与大夫同格，这岂不是离继承人之位更远了吗？"

"公子纠是齐公之子，这一点不会变。另外，我有一事相求。"

"我明白，今后垣儿就拜托给先生了。近日来垣儿很是消沉，他一定非常想回到先生身边。"

"多谢。"

管仲略一颔首。"还有"，管仲一边说一边抬起了头，似乎有些难以启齿。他紧抿嘴唇，深吸了一口气，开口说道：

"明年，我要迎娶梁娃。"

管仲说的时候，眼里带着笑。

嘉祥之年

僖公不仅为管仲准备了住所,还将公室管理的十数名奴仆一并赐给了他。管仲虽然是陪臣,却得到了"上士"的待遇。

管仲随檽垣一起来到宅中,自言自语地说:

"诗中有云,东方之日代表离别,而我在东国之日,将会如何呢?"

檽垣被宅院的宽阔惊得瞠目结舌。

"垣儿啊,我要成为公子的管家了,而你要成为我这个家中的管家。首先,你要学会鉴别奴仆的才德。要让有德的人做奴仆之首,你需要把有才能的人举荐给我。"

"是。"

"为首之人,他的气量大小取决于左右侍从的优劣。一个人不可能负责一切,他需要找到辅助自己的人,而且要做到用人不疑。一言既出,行事不可与之相背。成为首领的人,需要如此。"

"是。"

十三岁的檽垣成了管仲家的管家。

不过,十三岁的檽垣与世间普通的十三岁孩童可是大不一样。他十三岁的时候，跟在管仲身边熟读《诗经》，学习典故，还随管仲游历南阳，增长了见识，说服别人购买自己的货物，与其他商贾接触，在艰辛的生活中磨炼了自己的才干。糯垣具备了与年长者进行平等对话的表达能力和胆识，还有着让对方无法轻视的俊美相貌。

"在下是府中管家。"

糯垣说的时候，下面的仆从一齐发出了一阵低笑。但是，不过数日，大家便了解到这个孩子擅长管理家计，而且身上有股不容侵犯的威严。

这个管家绝非等闲之辈。

下人们无一例外地开始对糯垣表现出敬畏。

新年到了，鲍叔和召忽前来拜访管仲。关于这三个人，《吕氏春秋》中记载了下面这样一段逸事。

鲍叔、管仲和召忽三人交好，想要通力协作，保齐国安定，他们认为公子纠会是下一任齐公。召忽说：

"我们三人犹如鼎之三足，缺少一足则鼎不能立。公子小白肯定是无望登上君位，我们三人应当一起辅佐公子纠。"

接着，管仲说：

"非也。国民不喜欢公子纠的生母，公子纠也因此受到连累，被国人厌恶；而公子小白的生母已故，国民对他心怀怜悯。今后事态的发展尚不可知，我们三人中应当有一个人去辅佐公子小白。齐国未来的安定必然要仰仗这二位公子。"

于是，鲍叔做了公子小白的太傅，而管仲与召忽去辅佐公子纠了。当然没有人可以断言将来怎样，但是管仲想要努力找出一种必然。然而这最终没能成为一个万全之策，也许这就是天意吧。不过，管仲已经把他能做的都做了。

也正因如此，《吕氏春秋》中对管仲予以了肯定。

但是，这里所说的齐国人厌恶公子纠的生母一事，与后来齐鲁两国关系恶化有关，此时两国之间尚且保持着友好往来。不过，公子小白的生母卫国公主大约就是在这一时期亡故的。

管仲在鲍叔和召忽二人面前整理了一下仪容，然后郑重地感谢了他们举荐自己一事。他低头深谢二人，托鲍叔和召忽的福，他现在要把住在颍上的母亲和弟弟接过来了。鲍叔知道管仲家中事务繁杂，微微地点了点头，说：

"要接过来的，不只是颍上这二位吧。"

他在言语间暗示管仲即将成婚一事。

鲍叔认为，把管仲的母亲和弟弟接到家中，会让这个家的气氛变得阴郁，与其在那之后再接梁娃过来，不如先将梁娃迎娶进门，让家中气氛明快一些，之后再把颍上的二人接来。即使最终的结果看上去并没有什么不同，但做事的顺序不同，实则有着天差地别的结果。

"使一年始于寒冬，不若始于暖春。"

鲍叔看似不经意地说。

"啊，春天啊……"

管仲低语着，心里酸中带甜。他心想：我的寒冬过去了吗？

瞬间，一片清澄的星空在他的胸中铺展开来。在那片星空之下，一个身影正在远去。

突然，鲍叔吟道：

皎皎白驹，在彼空谷。
生刍一束，其人如玉。

"生刍"指的是刚刚割下来的鲜草，这首诗词中以捆好的鲜草象征男女的结合。管仲领会了鲍叔所吟诗中的祝福之意，应和道：

毋金玉尔音，而有遐心。

意思是说，我会将你的话语当作金玉一般珍藏起来，也请你切莫疏远我。

"话说，尊夫人来得是不是太慢了些呀？"

管仲问道。鲍叔随住在祭县的母亲一起搬来齐国，但现在已经是第二年，还是迟迟不见她们来到临淄，管仲不禁有些担心，但是鲍叔脸上却没有一丝愁郁之色。

"她已经到了。"

鲍叔微微一笑。

"哈哈,我大概明白了。"

说这话的不是管仲,而是召忽。

"我想等管先生成亲时一起办亲事。成婚之前有诸多事宜要处理,我的情况比管先生的还要复杂,有些棘手。春末之前,我还不想让家父知道檽叔已经到了齐国的事。"

鲍叔之所以说春末,应该是因为他要在今春之内行加冠礼。他终于将要出仕,所以是想等忙过这阵子吧。

正如鲍管二人所计划的,他们分别于四月末完婚了。

管仲先派了檽垣前去纳吉纳采,完成婚事的一应筹备之后,再亲自去温县迎回了梁娃。看到梁娃那兴奋的花样容颜,管仲心想:我此生第一次抱住了光明。

不需要多作回想,相信大家都还记得,管仲过去那犹如暗夜一般的人生。虽然也偶有星光,但可以说他这一路走来,连脚下都不曾看清。除了鲍叔和檽垣,所有的人、事、物都纷纷离管仲而去。目光始终追随着管仲、心中只有管仲、不怕被管仲连累的人,梁娃是第一个。

那个行商贾人,如今成了齐国公子的辅臣。

人生妙不可言,这未免像是迟暮之人的感慨,但是年轻的梁娃甚至感到了人生的可怕。她一心等着管仲前来求亲,可等他真的来了,她又为命运的不可思议而战栗。剥去梦想与空想的外衣,赤裸的现实竟然萧索得可怕。

"我何德何能?"

梁娃一想到自己身无所长,就有种万念俱灰的感觉。父亲梁庚静静地看着神色不安的梁娃,缓缓地开口说道:

"成亲之前,你可以将对方看作另一个个体,但一旦成亲,你们就合为一体了。你不必胡思乱想,结婚也没什么。婚仪就是消除你们两个个体的仪式,正所谓不破不立,不是吗?"

"我知道了……"

梁娃轻轻地点了点头。

"成亲是个体与个体的结合,但这不仅仅是两个人住到一起,而是两个个体合而为一,如果你们不能形成一个新的整体,那家的意义就不存在。简言之,娃儿如果还把自己当作为父的女儿,那即使你嫁管仲为妻,你们也无法成为真正的伴侣。"

梁娃紧抿着双唇。梁庚似乎是想让她放松一点,微微一笑,谆谆教导道:

"人来到这个世上时什么都没有,成亲就是让人回到那个状态。所以,带着大量财物成亲的人都不会有大成。"

梁娃离家前,梁庚又对这个最心爱的女儿说:

"世人都说娃儿是南阳第一美人,但只是在南阳。娃儿的夫君管仲先生是会光耀天下的人,所以娃儿要料理好管仲先生的内宅,切不可自以为是,妄图将手伸到宅院之外。"

父亲的话音一落,梁娃便流下了眼泪,她突然明白了父亲有多爱自己。

女子离开娘家嫁到夫家,纵然身旁有自己的夫君,但事实上也是无亲无故。管仲守着如摇曳的烛光一般身姿绰约的梁娃,眼神温柔地说了一句:

"齐国四季比南阳分明,只要遵循天地之法,人的痛苦也会减半。"

一身春愁的梁娃慢慢被管仲无言的爱所包围,也许是觉得安心了,她的眉宇渐渐松开。梁娃身边只有一名随行的乳母、一名婢女和两名仆夫。通常,女子嫁入夫家也不会改氏,带来的财产也归自己所有,所以富户的女儿往往会带着丰厚的嫁妆出嫁。可梁娃却好像寒门嫁女一样,几乎没带任何钱财,这让她有些惭怍不安。

"你我并非松杉之木,待今后慢慢开花结果便好。"

听管仲这么一说,梁娃一下子想起了父亲的话。快到临淄的时候,管仲说:

"真正的财富是人非物。我们就是彼此最宝贵的财产。"

梁娃听了,会心一笑。

我要在这座都城中,与这个人白头到老——梁娃在心中打定了主意。她的勇气遗传自她的父亲。

与此同时，鲍叔与檽叔也已经完婚，檽叔正式成为鲍叔的妻子。

"被这小子摆了一道。"

鲍叔的父亲鲍敬叔内心苦笑。鲍叔加冠后，鲍敬叔正准备给儿子物色妻子的人选，僖公的近侍却突然来访，说鲍叔牙的妻子已由僖公选定了。从郑国来的檽叔正借住在高氏的别宅，高氏打算收她做养女，而后嫁给鲍叔为妻。

"大人要与高家结亲了，这不是坏事。这门亲事是君上授意，如果大人拒绝，自然就是违抗君上的旨意。"

"嗯……"

鲍敬叔忍不住沉吟。怎么会变成这样？僖公应该不知道那个名叫檽叔的女子的。可现在僖公不仅知道她的名字，还清楚鲍叔和她的关系，这太奇怪了。

"臣无意违抗圣意，但是君上究竟是为什么做出这样的决定，还望高使指点一二。"

"这一切都是为了我齐国与郑国之间的情谊。"

臣侍笑了笑便离开了。

"这实在是意外。"鲍敬叔心想。

虽说齐郑两国是军事盟友，但是为了鲍叔这样一个籍籍无名的齐国人，郑国公室——确切地说是郑太子曼伯竟然向齐僖公施压，这太不寻常了，足见鲍叔深受郑国太子赏识。鲍叔无论如何都要娶这个与郑太子有些渊源的檽叔为正妻，应该是想以此向郑太子报恩。

"叔牙竟然懂得兵法？"

鲍敬叔虽然终日面色不悦，但内心其实甚感欣慰。为了达成自己想要的婚姻，叔牙没有硬来也没有欺骗任何人，而是用计策达到了自己的目的。一个人能影响别人，是才能气度高的表现。虽说是僖公授意，可居于人臣最高位的高氏竟然愿意将没有半点关系的檽叔收为养女并嫁给鲍叔，这实在让人吃惊。

"高氏现任家主是，高傒……"

鲍敬叔思索着，听闻高氏这一任家主是历代家主中最有才干的一位。鲍氏与高氏平素并无往来，所以高傒应该不认识鲍叔，想必高傒是因为某些缘由才答应了这件事的吧。所谓某些缘由，应该是鲍叔被任命为公子小白的太傅一事。当初，前去卫国接回公子小白生母的大臣，难道就是高傒？

其实，鲍叔为了成就这门亲事所采取的计策并不复杂。他清楚，如果与檽叔一同回齐国，檽叔来到鲍家一定会被当作妾婢一般对待。所以，他事先请郑太子为檽叔作保，还请太子亲笔写下书信，说如果檽叔受到怠慢，就会将她连同鲍叔一起接回郑国。鲍叔通过僖公的近侍将这封书信交到了僖公的手里。

僖公读罢书信，对左右之人说：

"郑太子是把自己的侍妾推给叔牙了吧，还真是不客气。"

然后他笑了笑，又皱了皱眉，没有理会。几日之后，近侍报告说：

"关于鲍叔牙的婚事，高氏想将自己郑国出身的养女嫁给鲍叔牙为妻。"

僖公听了，眉头一皱。

"虽说无须忌惮郑太子到这个地步，但既然高氏这样说了，我也没必要阻止。"僖公就这样应允了。

其实，这位前来报告的近侍出身高氏一门，时常与高傒会面，告诉高傒公室内部的情况。这个近侍将僖公收到郑太子干涉鲍叔婚事的书信一事告诉了高傒。高傒听了，略加思索，而后开口说：

"前些年，北戎来犯时，我齐国为郑太子所救，如今轻慢那位太子的意思恐有不妥。不如我收那个郑国女子做义女，成全了这门亲事吧。"

当年在庆祝郑太子击退北戎大军的宴席上，僖公与郑太子会面，高傒作陪，所以他自然知道当时会谈的全部内容，也是在那时听闻了鲍叔的才学。僖公将这个人才召回齐国，任命为公子小白的太傅，高傒自然也洞察了僖公的用意。辅佐公子纠的是两个异国人，而公子小白身边的是齐国人。

鲍家一定会发达——这是高傒的预感。与其把将要飞黄腾达的人强按下来，不如趁他还未发达时与之交好。君主会忌惮臣下的实力，而向那样的君主谄媚绝非权势之家所为。鲍氏现在虽然只是一个不起眼的大夫，但他们家会因鲍叔而兴盛起来。高傒深知自己与国氏一起管理着整个齐国，所以他也有意提防鲍氏被国氏拉拢过去。

　　儒叔在京羔与阿僄的护卫下，带着白纱与母亲一起来到临淄，之后在高氏的别宅落了脚。为表谢意，鲍叔前来拜访高傒。高傒特地出门相迎，亲自将这位年轻人引入厅堂。

　　齐国中也有如此气度不凡之人——这是鲍叔的真实感受。鲍叔亲眼见到了以前只在传闻中听过的上卿，高傒待人处事的态度很温和，但鲍叔在这份温和中感受到了高氏超凡的政治手腕。高傒此时的年纪大约在三十五岁。

　　"公子的离开让郑太子殿下很是难过吧。"

　　高傒突然说道。

　　"郑太子殿下自信过盛，不求良臣，但求美人，他的臣下净会说些陈腐之言，不得太子心意。若让我说，太子资辨捷疾，材力过人……"

　　"哈哈——"

　　高傒放声大笑。

　　"资辨捷疾"是说天生善言谈，"材力过人"是说有着超乎常人的才能与手腕。这些词语向来只形容一个人，那就是让商王朝走向覆灭的商纣王。高傒当下便听懂了，故而大笑。

"郑国会亡在这位太子手上吗？"

此时堂上只有二三个近侍，所以高傒问得很直接。

"现今的郑公虽然对周王兵戈相向，行为逾礼，但并非无德之人。常言道，一代之德，福荫三代。"

"正是如此。郑国也许会在这位太子的孙辈那里出现危机。一个家族的兴衰自有其缘由，没有哪个家族可以维持千年的繁荣，所以教导子孙一事最为不易。"

即使一家之主穷尽一生守住家产交到子辈手中，也可能在一夕之间便毁于一旦。可见，一个人生前的名声会在死后被愚笨的子嗣所累。如果对子女的教育不当，甚至会反噬已经埋于黄土之中的祖先。真正的德行可以延续到死后，高傒非常清楚这一点。

"所谓成功，其实就是顺应天意，所以不可失掉敬畏天意之心。"

这是鲍叔的真心话。鲍叔从不矫饰言语，就像他也不曾矫饰自己的人生。也正因如此，他的言谈中没有酸涩，向来爽朗而坚定。

诸事繁忙的高傒特意调整了行程，抽出时间与鲍叔长谈。长谈后，他送别了鲍叔，愉快地对身边的近侍说：

"我多了一件可以引以为傲的事。鲍叔牙完婚后便如同我子，他是上天赐予我齐国的福气。"

鲍叔从临淄郊外迎回了檽叔，檽叔对自己即将成为齐国上卿的养女一事非常吃惊。

"鲍叔公子是个有心人。所谓独一无二，说的就是鲍叔公子这样的人。"

母亲对檽叔这样说。檽叔想到一路来鲍叔的用心良苦，再次感受到鲍叔对自己的深情厚谊，心中涌起一阵无法言说的喜悦，深深地感动了。要想了解一个人，最快的方法便是换位思考：如果我是他……

檽叔清楚鲍叔的处境，他即将成为公子小白的太傅，设身处地地想，这门亲事对他并不重要。可尽管如此，鲍叔却为了成就这门亲事花费了许多的心神和热情。也许对鲍叔来说，结婚是人生的主题之一，而非仅仅出于对一个薄命女子的同情。檽叔这样一想，再回到自己的视角，反而觉得只能看到婚事本身的自己有些不可思议。

在这种视角下，时间不存在了，其他人也不存在了。

也许对于女子来说，时间的本质和他人的尊卑是很难理解的吧。对檽叔来说，鲍叔是一个无关年龄、无关官职高低的存在。他直到死，甚至死后，都是她最敬重的人。

檽叔突然感到了幸福。这种感觉没有马上消失，相反，它慢慢化为一种心意，滋润着檽叔的身心。

在将檽叔迎入新建的宅院之前，鲍叔还有一件事要做。

"孩儿想让贝佚做我的管家。"

鲍叔向父亲提出了请求。在这件事上，鲍叔没有用什么计策，而是直接向父亲恳求。他是在清楚父亲打算让贝佚辅佐下一任鲍家家主的前提下提出的。鲍敬叔拗不过，只好说：

"为父无法命令他，让贝佚自己选吧。"

鲍叔大婚的前一日，贝佚来到鲍叔近前，礼貌地说：

"臣为亡母扫墓，离开了临淄一段时日。昨天得知了公子的召请，臣愿意追随。"

"你愿意来帮我，真的太好了。"

鲍叔毫不掩饰自己的感激之情，眼眶甚至都有些湿润了。贝佚将这些看在眼中，也有些感动。

"臣才疏学浅，但愿竭尽全力，不辱主君之名。"

贝佚的声音有些颤抖。

"我是一个随时有可能会辱没父名的愚人，还请你多多帮我。"

鲍叔的话语中总是饱含真切，贝佚被这份真切打动了。

非但不愚，还是人中之杰——

贝佚惊叹地望着鲍叔，他感觉到鲍叔身上那强烈的朝气。那种朝气并不是一味地乐观，而是包含了深远的见识，还有着带来幸运的神奇力量。贝佚觉得，他待在鲍叔身旁，却不清楚这个人究竟有没有欲望。从这一点上说，他算不上理解鲍叔。如果说跟在鲍叔身边有什么令他不安的，就是这一点。

"恕我冒昧，令堂之墓，所在何处？"

"在平阴。"

"那，很远啊。这样啊……平阴啊。"

鲍叔没再多问。他所说的远，是指从临淄到平阴很远，但平阴与父亲的食邑鲍地却相距不远。鲍叔的父亲与贝佚的母亲之间究竟有过什么？或者不曾有过什么？鲍叔告诫自己不可以多问，也不可以过于关心。即便知道了贝佚是自己的庶长兄，鲍叔能做的也非常有限。

就这样，鲍叔顺利地完婚了。

与此同时，他拥有了自己的家庭和臣下。接着，鲍叔马上将阿僄升为士族，阿僄大喜。在这个时代，圉人终其一生都只能是圉人。车夫和圉人虽然同样负责伺马，但他们的身份有着云泥之别。鲍叔让白纱的外兄京羔做了后厨主司。白纱现在跟在檽叔身旁伺候，但年内就要嫁给贝佚为妻。

比之稍早的时候，管仲已经迎娶了梁娃为妻，而此时管仲正在思量：接下来，什么时候把母亲接过来呢？

他决定等梁娃适应了齐国的气候，在临淄住惯了，与家中众人熟悉起来之后，再派人去颍上。思及此事，管仲总是略感忧伤。母亲和弟弟会把异样的阴郁带来我家吧。不得不伺候那样一位母亲，梁娃的困扰想必不会少。管仲清楚这一点，所以他事先对梁娃说：

"秋天时,我要把母亲接过来,她是一个不好相处的人。"

"那是你的生母,妾身定会用心侍奉。"

梁娃朗声道。声音中带着不知世间愁苦的天真无邪。

娃儿不知道我母亲的真面目。最坏的打算是,母亲来到这个家,指使弟弟把家中搅得一团乱。母亲可能会纵容弟弟挥霍无度,把我家拖入破败的困境。母亲就像是附在管氏族人身上的恶灵,像一个不毁了管氏一族就无法解脱的鬼怪。但是,管仲想:母亲真的是恶人吗?

也许母亲是被憎恶家中父辈祖辈的什么鬼魂附身了,而她本身是一个好人。更进一步地说,母亲可能也在承受着被妖灵附身的痛苦。父辈祖辈的功过,后辈不得而知。能给一个人的命运带来不幸的力量极为强大,远远超越了一个人、一代人的能力,是无论如何积德行善也无法消除的。母亲的存在以及她的所作所为都在告诉管仲,一个人的能力何其有限,同时在告诫他不要盲目自信,不要以为能力足够强大就无所不能。从某种意义来说,这也意味着怀才不遇并不是全因为他的德行与能力不够。

如今,管仲终于能够摆脱穷困,告别怀才不遇的苦闷。

往昔与现在,有何不同?

不同之处显而易见。过去,管仲身边没有鲍叔和召忽这两个朋友,是他们帮管仲把压在他身上的东西清除了。

所以，人需要良师益友——对饱尝辛酸的管仲而言，这一点体会更为深刻。正因为一个人不论才能如何卓越，也总有一些事是他一个人无法办到的，所以如果不能遇到对的人，就无法继续前进。管仲的感想颇为玄妙。

言归正传。随梁娃陪嫁过来的仆夫中，有一个男子名"枹"，他引起了管仲的注意。管仲看不出来这个人多大年纪，在三十五岁到四十五岁之间。这个人沉默寡言，对自己的事一概不提。听梁娃说，几年前，她的父亲从外面带回这个男子，这个人并不是一直跟在梁娃身边的。梁庚是绝对不会让一个平庸的人跟着梁娃嫁过来的。管仲打量着阿枹的体格，猜测这个人应该是梁娃的护卫。

此人身上有着藏不住的精悍，样貌带着异域风情。管仲猜想，他或许是狄人，可能是因为方言的口音无法掩饰，所以才沉默寡言。如果把谈吐也视为一个人能力的一部分，那阿枹的能力可能偏低。但是管仲认为量才任用方为用人之道，所以他断定阿枹不适合当杂役。

"我想问你要那个人。"

他征得了梁娃的许可，把阿枹要到了自己身边。管仲身边还有一个名"朱"的仆夫，是檽垣推荐给他的。阿朱因为血亲犯了法而被连坐，降籍为奴，可谓身世多舛。阿朱本来已经对自己的未来不抱任何希望，但他来到管仲家之后，受到檽垣的赏识，心中又重新燃起了希望。阿朱对管仲说：

"家主愿意让一个与我家儿子同龄的孩子做管家,想必绝非寻常人。奴才这条命是捡回来的,能为主人效力是奴才的荣幸。"

"你可有子嗣?现在何处?"

"逃往别国了。"

"把他也叫回来吧。"

"承蒙主人厚爱,感激不尽,奴才也很想这样,但是小儿回到齐国就会被捕的。"

"我知道了。容我查明齐国的律法,如果能以货物偿罪,我会替你处理此事。"

之后,管仲去见了掌管律法的官员,了解了阿朱的罪状和他家人所受的处罚。阿朱是因为他的长兄杀了人而被连坐,阿朱的孩子本不应受到牵连,但因其长兄膝下无子,将阿朱两个儿子中的一个过继了过去。阿朱说逃往别国的那个儿子应该就是过继的那个吧。然而阿朱对另一个儿子和自己的妻子只字未提,其中定有缘由。

"杀人犯妻子的罪责,可以用货物抵偿吗?"

"律法中没有这样的规定。"

但是,司法官对管仲表示了同情,告诉他,如果遇到大赦,阿朱的儿子,即其长兄的养子的罪责便可消除。

"事情就是这样,稍加时日,你的儿子便可获释。到时你就可以把他叫回来了。"

听管仲这样说，阿朱痛哭流涕，哽咽着说："主人大恩，至死不忘。"

后来，阿枹与阿朱成了管仲身边无可取代的能臣。

两大势力

秋天到了,管仲派阿枹与阿朱去颍上接回了母亲和弟弟。

从齐国的临淄到颍上需途经鲁、宋、陈等国,有一千五百里的路程,单程要五十日。阿枹与阿朱各驾一辆马车,往返虽不需百日,但管仲认为他母亲肯定不会轻易答应上路,等他们回来可能要到明年了。

"母亲是一个什么事都不会爽快答应的人。"

管仲这样想着,对妻子梁娃说:

"母亲要年末或明年正月才能到。"

管仲把阿枹和阿朱派出去的数日之后,又对管家檽垣说:

"我要去一趟温县,家中事务就交给你了。"

管仲带了两名随从前往南阳,他是去归还梁娃出嫁时带来的马车的。把新妇出嫁时所乘的马车归还给新妇的娘家,是向妻子的双亲表示以后不会用这辆马车把妻子送回来。这算是整个成婚仪式的最后一个环节,完成了这个步骤就算正式完婚了。

梁庚满面笑容地迎接了管仲,他的脸上褪去了富商的神色，显得十分温和。得知女儿平安嫁到了管家，他放下心来。从此刻起，梁庚便是管仲的岳父了。

管仲在梁家留宿了一日，对梁庚说了诸侯联军马上就要攻打盟向二县的事。盟县和向县位于温县以西，以前是周王室的领地，前文中已经提到过了。周王室与郑国交换了一部分县邑，使得南阳十二县进入了郑国的版图，而这十二县的县民对郑国国民的身份十分厌恶，终于，盟向二县开始正面抵制郑国的管辖。郑庄公一直承认南阳十二县的自治权，施以柔政，但眼见多年过去，这里民心始终不愿归顺，他也终于意识到上了周王的当。

郑国领受了这十二县，将邬、刘、芳、邢四县换给了周王。周王接手这四县之后，实际上对南阳十二县也不曾放手。温县也是这十二县之一，当地居民都以自己是周王室子民为傲，不认为自己归属郑国。

"郑军以齐军和卫军为两翼，下定决心要拿下这两个县。"

"是啊，但是南阳人民不愿意受制于人，如果归属周王，各县便相当于是独立的国家，不久之后温县也会反抗郑国吧。"

梁庚说出了自己的看法。

顺附一言，后来，温县这个地方再次回归周王室，而后又被封让给了晋国。直到春秋时代结束，温县都一直是晋国的一个县。

话说此时，郑庄公放弃了说服离叛的盟向二县归复郑国，转而向齐军和卫军求援，任命大臣为将帅，准备攻打这两个县。盟向二县的县民认为难以久守，于是舍县渡河而走，逃往周王都城。周桓王接纳了逃来的难民，将他们安置在郑县。

管仲仅在梁家留宿了一日，便踏上了归程。

终于，母亲要来了——管仲的心情依然很沉重。兄长和弟弟深受母亲的疼爱，而自己却不为母亲所爱，这个想法在管仲的心中越来越强烈。如果母亲当时阻止了兄长乖离的行径，他便能顺理成章地被召公推荐到某诸侯国为官，也能顺利与有婚约的季燕成亲。

"仲公子，你带我走吧。"

季燕声嘶力竭地请求着，她的眼神异常清醒，这一幕在管仲心头重现。季燕一直在流泪，泪珠像耀眼的星辰一般闪闪而落，消失不见，而将她的泪珠悉数吸走的不尽黑暗是岁月。岁月渐明，但季燕已经不在身边。

"季燕现在怎么样了？"

坐在马车里，管仲抬头向外望去。天空中挂着带状的云，很长很长，散发出银白色的光芒。季燕也在某个地方望着同样的流云吧。他相信一定是这样。

冻雨降下，到了百草凋零的季节。

被管仲派往颖上的阿枹和阿朱各自带了仆夫随行，其中一人回到临淄管府送信：

"报告主人，老夫人已经从颖上出发了。"

当然，这个仆夫没乘马车也没乘船，是靠着自己的双脚抄近路回来的。所谓抄近路，主要是翻山越岭。管仲知道了以后断定：此人堪用。

这个人名"莪"，不是齐国人，是郑国人。他家与檽垣家有旧，他听说檽垣的母亲要从祭县去临淄的事后，恳求她让他带着兄长一起跟过来。阿莪的兄长名"萁"，在鲍叔家当差，而阿莪与其说是在管仲家当差，更准确地说是当了檽垣的亲随。这兄弟二人都很年轻，哥哥阿萁二十岁上下，弟弟阿莪大概十八岁。

"你得了一个好随从。"

管仲夸赞了檽垣，而后告诉梁娃，母亲还有半个月就要到了。梁娃已经命婢女为母亲和弟弟收拾出了房间。不久，又有一名仆夫奉了阿朱之命先行回来向管仲报告。管仲听后点了点头，说：

"我们去近郊迎接吧。"

两日后，一辆前后跟着数名随从的马车出了临淄向西进发。冻云让寒冬的风景显得更加萧索，寒风吹过，干枯的蓬艾缠作一团，滚在路上。管仲迎来了人生的春天，他望着眼前的旷野，此刻这里无限荒凉，仿佛来年春天也不可能再生出一片青翠。这让他强烈地感受到：母亲仍旧活在寒冬中。

不久，两辆马车拖着阴沉的影子出现在前方。管仲有些后悔过早出来迎接母亲，但他马上将这个念头抛在了一旁。如果迟些再来，自己的忧郁只会积累得更多。

管仲下了马车。他从不断靠近的马车上感受到绵绵不尽的阴郁。马车停下，弟弟从马车上跳下来，朝着管仲跑了过来。突然，弟弟呜呜地放声哭了起来。

不是喜极而泣。管仲还没来得及问为什么，跑到马车近前，见阿枹和阿朱缓缓地从马车上下来，便用眼神向他们询问。阿朱恭敬地看向管仲，用低沉的声音说：

"老夫人仙逝了。"

管仲像是挨了当头一棒，心中呐喊道"这不是真的。"他向马车里面窥看，车里的母亲已经没了呼吸。

突然，管仲全身充满了一股要燃烧起来的怒气。他想对母亲破口大骂，这到底算什么！母亲以让管仲陷入困境为乐，可她却永远地拒绝了看一看管仲摆脱困境之后的样子。管仲想向天长啸，你怎么可以这样！但是，事实就是事实。管仲步履踉跄，双膝跪在了满地的荆棘上，他一只手抓起荆棘，手掌流着血，却不觉得疼。

这是一场噩梦。

这说的是管仲与母亲之间的关系。他们之间的血缘是丑恶的。只要这丑恶还存在，母亲还健在，他就是不幸的。如今，在丑恶即将消失时，母亲却先一步走了，这份丑恶就永远无法消散了。

"我即使死，也不会爱你。"

管仲似乎能听到母亲在这样对自己说。

"主人……"

管仲回过神来，注意到阿枹的眼神，那里有一抹暗影。

"这个人也被自己的母亲抛弃了！"

不知道为什么，他就是知道。

安葬了母亲之后，管仲开始服丧。

服丧的二十五个月中，管仲不曾迈出家门一步，自然也不曾参政为官，就静静地过着日子。

等他出了丧期，已经是齐僖公二十九年（公元前702年）的春天了。管仲服丧期间，齐国没出什么大事。在管仲的眼中，春日的暖阳十分耀眼，而他却感受到一种无以言喻的空虚。那是一种失去了拼命生活的动力的空虚。母亲的葬礼之后，阿朱给管仲讲了他的母亲乘马车来齐国途中的样子。

"老夫人是十分期待见到主人的。"

阿朱的话让管仲十分意外。说起让他意外的事，还有一桩。丧期快结束的时候，弟弟来到管仲房中，低声对他说：

"可能长兄与你我不是亲兄弟。"

虽然弟弟不是听母亲亲口讲的，但是有传闻说，母亲嫁过来的时候已经身怀六甲。婚后，母亲曾多次想要逃走，但每次都被捉了回来，还被父亲打到吐血。弟弟讲的只有这么多，单就这些对管仲的冲击已经无比巨大。

"父亲和母亲都是不幸的人。"管仲心想。

人的一生不可能只有风光的一面。父亲和母亲都已经无言地离开了，而他们的无言中又有着多少哀伤呢？哀伤过多会毁掉一个人的一生，喜悦过多也是一样。

"我不想让自己的妻子过得艰难。"

梁娃是富商之女，世人皆以为她不知人间疾苦，但是管仲不这么认为。他从梁娃身上可以看出梁家严苛的家教，梁娃肯定没有自己母亲这样悲凄的过去，从梁娃不仅不抗拒，反而喜悦地沉浸在与自己的相处中就能看得出来。

"也许妻子可以帮我厘清生命中的苦难。"

一个人如果不能摆脱世间的繁杂，就不能有所作为。所谓修身，不是得到很多东西，而是消除多余，弥补不足。

总之，管仲决定重整旗鼓，振作起来。

服丧期间，管仲几乎不曾活动过身体，膂力大减，拉弓时有些气力不继。为了恢复体力，他每日射箭。一个月后，气息变得平顺了许多。召忽前来拜访时，见管仲箭术精妙，便说：

"你应该去教殿下射箭。"

射箭是应习的礼仪之一，不被看作武学。贵族子弟不需要持兵戈上阵厮杀，不需要习武，但需要在战场上射箭御马，所以要学习箭术和骑马。因此，由管仲教公子纠射箭，召忽教公子纠骑马。

公子纠的生母是鲁国公主，鲁国向来在礼数上十分严苛，所以公子纠的礼仪很好。不过，礼仪端正本应是精神层面的体现，但幼年时期未必如此。如果只会不自觉地用礼数去应对各种困难与麻烦，就不会真切地感受到问题的严重。这不过是一种逃避。传统的精髓并不在于完美地传承，而在于告诉后人新旧之间的不同，让后世懂得创新。

虽然不曾有人告诉公子纠要这样，但他自发地待召忽如兄长，而待管仲如老师。不得不说，这样的为人处世正是源于所谓的血统。管仲担心，这位让周围人都有好感的公子，成年之后恐怕难成大器。公子纠与檽垣有些相像，管仲以前教导过檽垣，所以他心中清楚：不可对公子纠指导过多，否则他难有进益。

真正的教育家在面对理解力强的人时往往会产生危机。因为在这种情况下，教的一方不能对一个问题只准备一个答案，而要准备多个答案。要让学生清楚，不同的时间和不同的场合下，答案会不一样。作为臣子，对一个问题只知道一个答案，这一生也够用了，但是对身居上位的人而言，这样会很危险。

管仲想和召忽聊聊这些，但是性情刚毅的召忽似乎想将公子纠培养成一个品格高尚的人，他似乎认为只要公子纠拥有了无与伦比的高尚品格，一切困难就都不复存在，一切问题也都可以解决了。长此以往，公子纠一定会成为召忽理想中的样子吧。

缺乏野心。

管仲认为，召忽的教育方法在将公子纠往一名良臣的方向上引导，这样或许也可以让公子纠坐上王位，但是无法走得更远；而管仲想到了公子纠成为君主之后，如何统领诸侯、取代周王、治理天下。他想让公子纠具有这样的气度，就需要采取一种似教非教的态度。但是公子纠与孺垣不同，教导公子纠的也不只他一个人，即使管仲想把自己的见识灌输给公子纠，公子纠却显然更亲近召忽。

"不过还有时间。"

管仲看着还不满十五岁的公子纠，抚去了自己内心的焦躁。

是年，齐国背叛了与鲁国的情谊，举兵攻打鲁国。

最初是郑国先与鲁国断交，齐国向来重视与郑国之间的同盟关系，于是跟随了郑国的步伐。齐鲁两国断交的原因是粮食的分配，可见由食物产生的积怨有多么可怕。

四年前，北戎举兵来犯齐国，齐国向其他诸侯国求援。

当时派兵前来援助齐国的有郑国、鲁国和卫国。特别是郑军，骁勇善战，吓得北戎落荒而逃，齐国得以将损失控制在最小范围内。齐僖公犒劳带兵援助的各国将士时，决定将齐国储备的粮食分给各诸侯军，而具体的分配交由鲁国将领执行。

鲁国重礼，所以肯定能妥善分配——僖公是这样考虑的。

"外臣遵命。"

鲁国将领很快便开始着手分配。他优先分给鲁卫二国，将郑国排在了后面。因为郑国国君是伯爵，位次低于鲁国和卫国。郑国将领太子曼伯得知此事后，勃然大怒，痛斥鲁国厚颜无耻。

"鲁国没什么军功却排在前面，我等有军功之人反而被排在后面，岂有此理！"

正如郑太子所说，若是在平时，按爵位高低依次分配自然无妨，但这里是战场，是战时，有功之人理应优先受赏。鲁军并不曾奋战，只是笼城闭守，到了封赏的时候却最先把手伸了出来，此等贪婪行径，有何礼数可言？

"我郑国岂能与鲁国这等腌臜小国为伍！"

激愤之下，太子曼伯终于举兵复仇。郑、齐、卫三国联军攻至鲁国都城近郊，在一处名为"郎"的地方与鲁军展开了激烈的交战。作为郑庄公与太子的后援，齐僖公也亲自率军出征。公子纠与兄长公子诸儿一起奉命留守，所以管仲和召忽自然也没有随军出征。召忽不悦地感叹道：

"这样一来，殿下的生母鲁国公主的处境非常不妙，殿下的前途恐怕堪忧。"

齐国与鲁国断交，公子纠的生母鲁国公主被视为齐国的敌人，她的儿子公子纠既得不到同情，也得不到尊重。

"召忽凡事都过于短视。"

管仲这样想着，说道：

"周文王的生母还是太任呢。"

太任是周朝最大的敌国商朝的公室贵族之女。召忽听了，轻轻地抓了抓头，脱口而出：

亹亹文王，令闻不已。

陈锡哉周，侯文王孙子。

召忽还自我告诫一般地说：

"殿下是文王的子孙，我等周朝之士自当不显。"

所谓"不显"，并不是不突出的意思。"不"即"丕"，意通"大"，所以"不显"也就是"丕显"，是格外彰显之意。

公子纠的血统可以追根溯源到周文王一脉，但召忽用力道出的那句"我等周朝之士"并不能让管仲产生共鸣。《北山》有云，"率土之滨，莫非王臣"，普天之下没有人不是周王的臣子。管仲并没有追随周王的忠心，而召忽却把自己看作周王室与齐国的桥梁，一心想为周王室效力。正是因为有这样的想法，召忽才会脱口而出"我等周朝之士"。

管仲虽然点了点头，但是他并不同意召忽所言。他的心底发出了一个强有力的声音：覃覃齐侯，令闻不已。

管仲认为，公子纠身处逆境反而是好事，过于顺遂是一件可怕的事。可以说，凡成就大业的人，必须要忍常人所不能忍，忍耐可以铸就一个人的人格。公子纠如果能抛开父母和大臣的庇护，自发地迎风冒雪而不被冻死，就可以生出非凡的气度。心怀大志意味着人生中总要经历一次一无所有，如果不能将自己归于虚无，就没有办法造就堪怀大志的自己。不曾经历无中生有般奇迹的人，无法拥有成就伟业的力量。

"首先是忍耐。"

忍耐可以生出力量，并让那股力量不断增强。管仲有意地没有过多教导公子纠，其中的深意恐怕是事无巨细指导着公子纠的召忽所不能理解的。

翌年，齐、卫、郑、宋四国大臣聚集在一处名为"恶曹"的地方缔结了同盟。周王的威信虽然还不至于扫地，但郑国与周王反目，使周王室以东各国的君主都开始轻视周王而重视郑公，且越来越倚仗郑国。郑庄公是诸侯盟主，但他并没有威慑盟下诸国前来郑国朝见，而是准备了与诸侯会盟的场地，亲自出来与诸侯会面。用现在的话讲，这就是一次国际会议，议长是郑庄公。如果出席会议的都是大臣，则由郑国的大臣担任议长。

然而,这位郑庄公于这年七月薨逝了。

深受郑太子喜爱的鲍叔不禁感慨道:

"终于,太子要成为郑国国君了。"

这样一来,郑国的威势会更盛。然而,两个月后,齐国朝中接到的消息让鲍叔一惊。

太子居然被自己的兄弟之一公子突(子元)逐出了郑国,据说已经投奔卫国去了。历史上,太子忽(曼伯)一度即位,史称郑昭公,而强行篡位的公子突史称郑厉公。

"先生怎么看?"

鲍叔来到管仲家,询问他的看法。

"郑国的事,你应该更清楚吧……"

"我一直知道子元很傲慢,但不曾想过,他竟然会做出这样的事。"

"祭仲呢?与太子一起出逃了吗?还是,已经被杀了?"

郑国宰相祭仲深受太子信赖,同时被公子突厌恶。若公子突已经即位,不可能不去迫害这位太子最有力的拥护者。

"没有接到关于祭仲的消息。不对,前来通报子元即位消息的人就是祭仲派来的。是我疏忽了。是祭仲背叛了太子吗?那位执政大臣的真面目竟然是无耻狐貉。"

突然,鲍叔怒不可遏,而管仲却微微一笑,缓缓地开口道:

"没有人不知道祭仲的功绩。先前,正是他预见了共叔段的反叛之意并向郑庄公进谏的。他也正是因为预料到庄公亡故之后,子元必定会有忤逆之举,才力谏太子迎娶齐国公主。太子拒绝了这门亲事,不能逃来齐国,而他生母的母国邓国只是一个小国,不足以为依靠,所以他只得逃去了没有根基的卫国,但是太子保住了命,难道不正是祭仲的功劳吗?祭仲的胆识远胜子元。想来,太子是要暗中借祭仲之力,复登王位。"

听了管仲的话,鲍叔睁大了眼睛,不假思索地说:

"是我失言了。诚如先生所言。"

鲍叔率直地表达了自己的钦佩。管仲敛起笑容,转换了话题。

"乐于见到郑国内乱的是鲁国。因为这样,他们就能摆脱政治上孤立无援的处境了。"

鲍叔血气方刚,"啊"地低声叫了出来。

"子元的生母是宋国出身。鲁国如果与宋国结盟,就是与郑国结盟了。"

以郑国为中心收束在一起的诸侯国将不得不分崩离析。齐国此后将会如何?

鲁国的外交嗅觉足够灵敏。

九月下旬,郑厉公把痛恨鲁国的郑昭公驱逐出去,登上了王位。鲁国派大夫参加了在一处名为"折"的地方举行的宋、陈、蔡三国会盟。接着，鲁桓公与宋庄公在"夫钟"会面，并于当年十二月在"阚"再次会面。

鲁国的外交越发活跃了起来。翌年六月，鲁、杞、莒三国国君在"曲池"会面。在鲁桓公的调解下，杞、莒两国握手言和。接着，七月，鲁、宋、燕三国在"谷丘"会盟，形成了三国军事同盟。但是，鲁国的外交诉求并不在此，鲁国希望恢复与郑国的邦交，所以想请宋庄公当中间人。于是，三国会盟之后，鲁桓公与宋庄公在"虚"会面。十一月，鲁桓公与宋庄公在"龟"会面；之后，鲁桓公与郑厉公在"武父"会面，缔结了同盟。这样一来，本来随时可以集结联军的鲁、宋、郑三国同盟中，没有了宋国。

郑国已经不是以前的郑国了。

宋国君主认为郑国局势不稳，郑厉公威信不足，也没有救他国于危难之中的侠肝义胆。郑厉公的生母虽然出身于宋国，却并不是宋国的公主，只是一位大夫的女儿。宋庄公不得不向臣子之女所生的儿子低头，心中极为不悦。不仅如此，与郑国结为同盟的鲁国的军事力量也不可信。鲁国向来是一个妄自尊大的国家，一面标榜正义，一面消极地扶助周王室，与他国合作时也是满腹计较，只顾自己国家的利益，绝不是可以长期合作的伙伴。宋国的君主认为，与此相比，"与齐国和卫国结盟要好得多"。事实上，燕国的君主也怀有同样的想法。

这些应该是符合事实的,但是《春秋左传》中还记载了另一个缘由——宋多责赂于郑,郑不堪命。

作为协助郑厉公即位的还礼,宋庄公向郑国提出了诸多要求,而郑国没有答应,导致宋郑两国废弃盟约。这可能也是宋国惹怒郑国的一个原因。

总而言之,显然是宋国背弃了盟约。同年十二月,郑国和鲁国发兵攻打宋国。

郑公忘恩负义——宋庄公痛斥郑厉公,同时,宋庄公决意加盟齐卫两国的联盟。宋庄公一面与郑鲁联军作战,一面派人前往齐卫二国,表示此一役无须齐卫两国援手,愿于来年春举行会盟,与齐、卫缔结同盟。齐僖公听了,自言自语道:

"寡人无妨,但卫国正值国丧,不知如何?"

十一月,卫宣公薨逝,卫惠公即位。殡葬仪式要持续到第二年春天,之后再下葬。在这期间,卫惠公恐怕不愿意离开卫国亲征。不论如何,齐僖公还是派人前往卫国商议。让人意外的是,惠公答复道:

"希望可以在同盟中加上宋、燕二国。"

僖公即复:

"那么,来年春,二月——"

这样一来,齐、卫、宋、燕结成联盟,形成了一大势力。鲁桓公预料到会这样，派使臣前往一直苦于齐国威势的纪国，与纪国订立了盟约。齐鲁二国尚处于同盟关系时，纪国一直被排除在外，在外交上孤立无援，所以纪国对于鲁国的好意颇为欣喜，同意结盟。于是，郑、鲁、纪三国同盟成立，另一大势力逐渐明朗，这边以郑国为中心，是当时的主流势力。

也就是说，在这一时期，周王室以东有两大势力，形成了对抗局面。

这两大势力于翌年二月分别举行了会盟，随后展开了激烈的交锋。

正月一到，管仲随召忽一起乘上了兵车。

"诸儿自不必说了，纠儿也去战场见识一下为好。"

因为僖公这样说，所以公子纠也随父君一起前往会盟的地点，而那里很可能成为战场。公子纠第一次率兵出征，兴奋不已，不停地向召忽和管仲提问。公子纠最关心的是，郑军到底有多强？

管仲曾经作为郑军的一员随军出征，他说：

"郑军战斗力并非超凡卓绝，只是很懂战法、有战术。"

战法也好战术也罢，如果全军的意志不坚定就无法落到实处。虽然每个战士都有取胜的意志，然而不可思议的是，当众人的意志聚集在一起，意志的质量和方向就会出现混乱，反而使全军失去意志。

"比如，攻破城门时，投掷一千块石头也伤不到城门，无法破门。可如果将这一千块石头换为一整块巨石，用它撞门又会如何？"

"原来如此！"

公子纠激动地拍了一下大腿。

战法有形，而战术无形。可以让人在所见范围之内区别正邪、判断良莠的就是"法"。在管仲的内心深处，希望可以光明磊落地推行政治。政治需要法，而不需要术。在战场上，他的想法也是如此。如果没有合理的打法，那胜败就全凭将领能力的优劣而定。如果打法合理，那么无论将领是谁，该胜的仗就会胜，该败的仗就会败。进而，由此产生了战法，战法更进一步就发展成了战略。与之相对，战术能发挥作用的场合只是局部战而已。

懂得这个道理的，只有太公望——管仲这样想着。然而，他内心深处的声音也许在说，只有太公望和我懂得这个道理。